네덜란드
벨기에
스위스
이탈리아
프랑스

여행 경로

① Musée Alice Taverne, Ambierle
② Musée des marionnettes du monde, Lyon
③ Musée international de la chaussure, Romans
④ Musée international de parfumerie, Grasse
⑤ Museo del Mare, Genoa,
⑥ Museo Internazionale delle Ceramiche, Faenza
⑦ Museo Civico di Palazzo Te, Mantova
⑧ Piazzale Uffizi, Firenze,
⑨ Musée d'horlogerie du Château des Monts, Le Locle,
⑩ Musée du temps, Besançon
⑪ Musée de la peigne et de la plasturgie, Oyonnax
⑫ Hospice Comtesse, Lille
⑬ Archeosite, Aubechies-Belloeil
⑭ Musée de Constantin Meunier, Ixelles
⑮ Prinsenhof, Delft.
⑯ Musée du cristal Sant Louis, Saint Louis les Bitch,
⑰ Musée de l'imprimerie, Nantes
⑱ Musée d'art et d'industrie, Saint-Etienne
⑲ Musée de la toile, Jouy en Josas

유럽의
괴짜
박물관

향수 박물관

유럽의 괴짜 박물관

정진국 글·사진

글항아리

생 루이 크리스털 박물관

작은 박물관들이 있다. 번잡하지도 시끄럽지도 않다. 그곳에서, 구경은 조용한 산책이다. 명장과 이름 없는 장인의 이야기에 느긋하게 귀를 기울일 수 있다. 그러다 보면 몇몇 유명 예술가에 국한되고 과장되기도 한, 명품과 걸작을 보는 우리의 안목도 차츰 달라진다. 시중에 떠도는 정보에 휩쓸리지 않고 자기 자신의 눈으로 차분히 들여다볼 여유를 찾는다.

덩치가 크거나 웅장하지도 화려하지도 않다. 그런데 다시는 꼴도 보기 싫은 거물이 아니라, 소박하고 별것 아닌 듯하면서도 보면 볼수록 다시 보고 싶어지는 작은 괴짜 같은 박물관들이 있다.

루브르처럼 큰 박물관은 관광객이 끊이지 않는 명소다. 박물관 못지않게 그곳을 찾은 관광객 자신이 구경거리가 된다. 관광을 악습으로 여기는 사람들이 목청을 높일 빌미가 될 정도다. 계절도 타지 않는 이런 인기는 좋지만, 그 역기능도 만만치 않다.

유럽의 몇 군데 대형 박물관에서 마침내 한국어 안내 책자가 등장했듯이 관객에 대한 배려는 이제 시작일 뿐이다. 큰 박물관은 비대한 덩치와 위용을 지키기에 바쁘다. 그러면서 스스로 위대한 박물관이라고 착각하거나 약간 과대망상 증세를 보이기도 한다. 그 속에 들여놓은 위대한 유물과 그곳을 찾는 관중 덕인데도. 심지어 신통치 않은 작품도 거기 들어가 있다 보면 걸작이 되는 마술까지 부린다.

유럽의 큰 박물관에서는 해외에서 약탈한 유물이 되레 그 나라 것보다 인기를 끌기도 한다. 그렇다고 극동의 손님이 루브르에서 그리스나 이집트의 자취만 보고 간다면 파리 사람들이 섭섭해하지 않을까? 또 로마 시민이 우리나라 박물관에서 원元나라 유물에만 감탄하고 간다면 우리의 입맛이 씁쓸하지 않을까? 그렇다면 고유한 것의 아름다움을 간직한 박물관들은 어디 있을까?

역사를 지키는 전당포 같은 박물관이 없을까? 귀중품을 맡겨두고, 가끔씩 찾아와 들여다보는 곳. 그러나 세월이 가면서 맡긴 물건의 가치가 하도 올라가서, 되찾을 엄두조차 나지 않게 되어버린 곳. 원주인은 구경꾼으로, 그 물건을 쓰던 시절을 애틋하게 회상하게 되는 곳. 마치 괴수의 탑에 갇힌 공주를 면회하고 나서 "너를 찾으러 꼭 다

시 돌아오마. 살아만 있어다오!"라고 다짐하면서 걸음을 돌리게 되
는 그런 곳 말이다.

　세상이 구경거리로 넘치고, 아파트 유목민으로 떠도는 사람들이
많아질수록 박물관도 더욱 늘어날 것이다. 그러니 박물관이 많이 늘
어난다고 반드시 좋아할 일만은 아닌 듯싶다. 서둘러 보존해야 할 것
이 많아지는 만큼이나 잃어버린 것이 많아졌다는 뜻일 테니까. 그런
데 몇 해 전 국내 박물관들을 찾았다가 깜짝 놀랐다. 지자체의 것이
든 공기업에서 만든 것이든 내부 구조와 전시물까지 거의 엇비슷했
기 때문이다. 박물관 건물은 갈수록 늘어나고 있다. 전문가조차 부족
한 환경에서 일단 짓고 보는 일이 다반사인데, 이런 박물관에서 전시
실은 점점 더 상투적인 '쇼룸'처럼 연출된다. 우리가 기계로 찍어낸
듯 똑같은 삶을 살지도 않았을뿐더러 그런 꼬락서니를 남기려고 살
았던 것은 더더욱 아닐 텐데.
　박물관은 크게 주목받지 않는 가운데 사회적 사각지대의 문제를
드러낸다. 그러다 보니 기념관, 전당의 이름을 붙이기도 하는 거대

박물관은 그 유지와 운영에 어려움을 겪고 있다. 의욕과 기대에 비해 준비나 역량도 부족해 보인다. 당분간 불가피한 현실이다.

우리는 과거에 그리고 지금까지도 세계인을 놀라게 하는 훌륭하고 독창적인 명품을 내놓은 명장들의 눈부신 전통을 갖고 있다. 일제 식민지 치하에서 철저하게 유린된 전통이다. 중국 상품 등 지구촌 여러 나라 물건이 관세장벽까지 무너뜨리며 쓰나미처럼 덮쳐오는 지금, 물건을 만들어 내다팔아야 살 수 있는 우리가 도대체 어떤 물건을 만들고, 어떤 물건을 평가하고 있을까?

올해로 우리 박물관 역사는 100년이 됐다. 서유럽 박물관의 역사는 이보다 100년 이상 이르다. 이르다고 반드시 훌륭한 것만은 아니다. 케케묵고 완고한 것일 수도 있다. 또 늦었다고 반드시 뒤처지는 것도 아니다. 더욱 참신하게 시작할 수 있으니…. 하지만 오래된 것의 경험은 늘 소중하다.

우리보다 박물관의 역사가 깊은 유럽에서는 거대하게 우쭐대는 박물관이 한둘이 아니다. 그 틈에서 작은 지역 박물관은 무엇을 어떻게 하고 있을까? 자기네 거대 박물관을 일찍부터 비판해온 사람들이, 대형박물관에 집중되는 문화적 혜택을 고루 나누어야 한다고 역설해온 그 사람들이 실제로 어떻게 하고 있을까? 이곳과 마찬가지로, 실물을 쫓아내는 디지털 허상의 거센 도전을 받고 있는 그곳에서도, 작고 엉뚱해 보이는 박물관들이 고유한 삶의 자취를 알차게 지키고 있을까?

차례

책머리에 _005

1. 한 여인이 일으킨 기적
알리스 타베른 박물관, 앙비에를, 프랑스 _013

2. 꼭두각시의 웃음과 눈물
마리오네트 박물관, 리옹, 프랑스 _037

3. 인류의 진화는 발에서 비롯되었다
신발 박물관, 로망, 프랑스 _055

4. 향수 짜내는 산동네
향수 박물관, 그라시, 프랑스 _071

5. 사이버 선창에서
해양 박물관, 제노바, 이탈리아 _087

6. 식욕을 돋우는 그릇
도자 박물관, 파엔차, 이탈리아 _107

7. 명장의 궁전
테 궁 박물관, 만토바, 이탈리아 _121

8. 승자의 미학
우피치 안마당, 피렌체, 이탈리아 _139

9. 명품 시계
시계 박물관, 르 로클, 스위스 _155

10. 해체된 시계
시간 박물관, 브장송, 프랑스 _173

11. 친환경의 골짜기
빗과 플라스틱 박물관, 오요나, 프랑스 _183

12. 약초 키우는 박물관
오스피스 콩테스 박물관, 릴, 프랑스 _197

13. 5천 년의 촌村
아케오시트, 오베시 뵐뢰유, 벨기에 _215

14. 잊혀진 거장
콩스탕탱 뫼니에 박물관, 익셀, 벨기에 _235

15. 물건의 자리, 사람의 자리
프린센호프 박물관, 델프트, 네덜란드 _247

16. 숲속의 빛
생 루이 크리스털 박물관, 생 루이 레 비치, 프랑스 _265

17. 납활자를 녹이며
인쇄 박물관, 낭트, 프랑스 _281

18. 공장 옆 박물관
예술과 산업 박물관, 생테티엔, 프랑스 _299

19. 다시 발굴을 기다리며
직물 박물관, 주이 앙 조자스, 프랑스 _319

책꼬리에 _337

한 여인이 일으킨 기적

알리스 타베른 박물관, 앙비에를, 프랑스

한 여자가 인생에서 무엇을 남길 수 있을까? 소중했던 사랑은 그것을 함께 나누던 사람들과 더불어 사라졌을 테고… 명예는 많은 사람이 기억한다 해도 보이지 않는 것이고 구경거리는 아니니까. 박물관 한 채를 남길 만큼 다른 사람에게 보여줄 만한 것이 무엇일까? 프랑스 론 알프 지방, 루아르 강 상류의 깊은 골짜기에 알리스 타베른이라는 여인이 자기 옛집을 박물관으로 남겼다는 소문은 궁금증을 더했다.

앙비에를 마을은 포도밭을 거느린 수도원이 정상을 지킨다. 낮은 구릉 허리춤에 마을이 파묻혔다. 그 지붕은 부르고뉴 고유의 무늬가 멀리에서도 확연하다. 그 종탑 밑 우물가, 해 뜨는 쪽으로 골목을 빠져나가면 탁 트인 들판이 끝이 없다. 박물관은 들판을 내려다보고 서 있었다. 아름드리 회양목이 정원에 우뚝하다. 무릎 밑 높이의 돌담이 정원을 감싼다. 그 한구석 밤나무와 단풍나무 밑에 거대한 무쇠 솥 한 쌍이 놓여 있다. 마을 잔치 때 쓰던 것이다.

응접실에 들어서자 참나무 장롱이 벽을 막아선다. 테두리에 꽃나무 줄기를 가벼운 무늬로 둘렀을 뿐 아무 장식도 없다. 열어놓은 창밖으로 회양목과 전나무가 얼씬거린다. 통로 귀퉁이에 그녀의 초상화와 사진이 붙어 있다. 수더분하고도 옹골차 보였다. 카메라 앞에서 어색해하지 않았을 표정이다.

18세기 농촌 부르주아의 집

걸음을 떼자마자 큰방, 커다란 '원룸'이다. 이 집은 알리스 타베른의 개인 주택이었을 뿐만 아니라 이 고장의 전형적인 가옥이다. 물론 농민의 것은 아니고 폐가처럼 비어 있던 18세기 부르주아 계층의 것이다. 하지만 생활 방식은 농촌과 다름없다. 전원생활을 하던 신사의 집이다. 구수하고 친근해 보이는 농가의 방이다. 그런데 다른 것이 있다. 그 한복판에 나무 기둥으로 사방을 떠받친 굉장한 아궁이가 닫집처럼 솟아 있다. 기둥에 손잡이가 한 발이 넘는 프라이팬이 기대서 있다. 석쇠는 기둥에 박힌 못에 걸렸다. 프랑스에서 거의 유일하게 남은 목재 아궁이다. 불을 지필 장작 위로 솥이며 국그릇이 두레박처럼 걸려 있다.

그 곁의 식탁과 장의자, 또 선반은 온통 손때 묻은 갈색이다. 크

알리스 타베른 박물관

알리스 타베른 박물관

고 작은 황도 단지와 편수와 양수냄비, 커피 주전자, 수박색 옹기 두어 개, 모두 초절임하거나 거위기름으로 굳힌 음식을 담던 것이다. 벽장식 침대 한 쌍에 길게 드리운 커튼도 옥양목에 단색 무늬를 찍어 넣은 지난 세기 것이다. 둥글넓적한 옹기는 설렁탕 그릇과 같다. 우리 고유의 옹기로 알고 있는 설렁탕 그릇은 원래 프랑스 것이었다. 몇백 년 전에 예수회 선교사들이 전해준 기법이다.

냄비는 유난히 크다. 끼니를 걱정해야 했던 두 차례 세계대전을 겪은 시절에, 사람들은 그 냄비에 대파 국을 즐겨 끓여 먹었다. 감기에 좋다고 믿었던 것이다. 요즘 난리인 신종플루에도 효험이 있을까? 그 냄비에 우유를 넣고 밀가루를 풀거나, 청대완두죽, 삼겹살과 양배추를 섞어 거의 죽에 가까운 국도 끓여 먹었다.

이 나무와 무쇠와 그릇의 짙은 갈색조를 두드러지게 하면서 바닥은 화강석과 대리석을 깔았다. 그 바닥에 햇살이 길고 짙은 그림자를 덧붙인다. 그녀는 이 넓은 방 잔불가에서 어깨에 숄을 걸치고 책을 읽곤 했겠지….

그다음 방부터 농기구는 입을 딱 벌어지게 한다. 없는 것이 없다! 쟁기에서부터 가금家禽을 가두는 홰와 짐승 등에 얹는 굴대, 보습과 부삽, 반달낫, 도리깨와 갈퀴, 가래와 써래, 톱과 대패, 나무와 쇠로 엮어 수백 년, 수천 년을 변함없이 땅을 갈고 곡식을 거두는 데 써왔던 것들이다. 산골생활과 밀밭과 포도밭 농사에 요긴한 것인데, 용도조차 모를 기막힌 형태의 물건도 보인다. 안마당 쪽으로 통하는 방들에도 이 고장에서 애용하던 물건, 술을 담그고 실타래를 꾸리고, 옷감을 짜고, 시계를 고치고, 나막신을 깎고, 빨래하는 데에 쓰던 것들, 한 살림하는 데 필요한 모든 물건이 다 있었다.

지역 풍속의 아름다운 재현

이층 복도로 들어서자 빛이 무거운 최루가스처럼 푸르스름하게 퍼진다. 위층은 복도를 사이에 둔 복식이다. 그 내벽을 통유리로 막았다. 그래서 밖에서 들어온 아침 햇살이 실내와 복도와 유리벽에 부딪혀 흩어졌다. 나는 여러 겹의 렌즈 사이를 통과하는 빛을 건드리고, 부수고, 퍼트린 꼴이다.

아래층은 생계와 관련된 것이지만 위층은 지역 풍속이다. 모자를 쓴 채 수를 놓으며, 소녀들에게 성경 교리문답을 가르치는 할머니와 아주머니들이 모이던 방부터 시작된다. 모자라기보다 그냥 '머리쓰개'라고 할, 보자기와 모자 중간쯤 되는 두건이다. 천과 리본과 꽃장식으로 엮고 짠, 이 여성 장신구는 영화에서나 보다가 실물로 접하니 더욱 고와 보였다. 오드리 헵번보다 시골 처녀가 썼을 때 한결 제 멋이 날 듯! 마치 빙하기 유인원의 두개골을 짜맞춰 만든 표본처럼 그 두상과 목과 아래턱의 됨됨이에 따라 모양이 정해진다. 리본으로 조인 여인의 얼굴과 머리는 선물처럼 포장된다. 그런데 뒤통수 밑으로 주름을 잡고, 끈을 끼워 조이는 두건은 펜싱 선수의 투구에 구멍을 숭숭 내고 무늬를 넣은 양상이다. 전체적으로 흰 천이고, 띠와 끈과

알리스 타베른 박물관

리본은 수줍은 분홍이다. 사내들이 군화와 투구 끈을 조이며 전의를
불태울 때, 처녀들은 시골 잔치나 무도회에 나갈 준비를 하며 어떤
마음으로 이런 두건 끈을 조였을까?

그다음 방들은 잡화상의 만물상과 약방에 이어, 외과의사였던 그
녀의 외고조부가 사용하던 진료실을 재현했다.

물매 깊은 채광창과 돌팔이 의사의 생애

층계참에 뚫린 채광창의 물매는 깊다. 대단한 두께의 화강석에 석
회석을 입힌 집이다. 창으로 쏟아지는 빛을 독차지한 화분은 그녀가
금세 물뿌리개를 들고 뛰어 올라올 것이라는 착각을 불러일으킨다.

복도 맞은편 방은 벽에 바른 낡은 신문지가 너덜너덜해서 이상한
기운이 감돈다. 그렇게 물건의 수수께끼도 점점 깊어진다. 박물관이
생기기 전에 수집품을 모아두던 '카비네 데 퀴리오시테(희귀한 골동
품 창고)'를 닮았다. 핀을 꽂은 인형과 빈 술병 속에 든 독사, 짐승의
덫과 말린 파충류, 벌레와 푸성귀, 풀뿌리와 나무껍질 등 온통 괴짜
들이다. 이 방은 의료 시설이 부족하던 시골에서 크게 활약하던 '야
미의사', 돌팔이 아닌 돌팔이 의사 장 클로드 페라르의 의원이다. 이
사람은 민간요법으로 부러진 다리를 붙여주고, 썩은 이를 뽑아주거
나 해열제를 처방하며 이웃의 아픔을 다스리던 접골사였다. 교구 신
부님이 마을 사람의 영혼을 고치려고 동분서주할 때, 노인은 주위의

신뢰만으로 의술을 펼쳤다. 이런 선한 영감이 깊은 산중에 살았으니 망정이지 대도시에 살았다면 전쟁 중이나 못된 정권이 들어섰을 때 고문하는 수사관 노릇을 피하기 어렵지 않았을까.

그 방에 이어 "어른들에게 갓난아기를 넘긴다"는 속담을 들으며 '황새'라든가 '큰아줌마'로 통하던 산파의 진면목도 보였다. 아기를 받기 전날 아궁이 불을 지피고, 버터를 듬뿍 녹인 통밀과자를 굽고, 산모를 위해 닭백숙을 끓이던 아줌마들은 다산이 일반적이던 지난 세기에 소중한 생명의 지킴이였다. 1940년대까지도 분주했지만 지금은 전멸했다.

벙어리장갑, 유년기와 만나다

그나저나 일만 하며 살지는 않았을 테니 축제가 없을 리 없다! 결혼식과 피로연은 농촌의 바쁜 생활에서 제일 화려한 잔치였다. 또 이 지역 수호신 생 뱅상의 날에 신사들은 조끼와 코트를 꺼내 입고, 빳빳이 세운 옷깃에 짧은 타이를 두르고, 중절모와 자루 모양의 모자를 쓰거나 지팡이를 짚고 멋지게 정장을 갖췄다. 단, 나막신 때문에 세련된 신사다운 품위가 조금 떨어진다.

인형과 장난감, 환상적으로 종이 무대에서 펼쳐지는 접이식 인형극장, 에펠탑처럼 처음 등장했던 관광 기념품, 축음기와 라디오는 진열창에 가지런히 놓여 있다. 뚜껑이 붙은 나무필통과 오선지가 그려

알리스 타베른 박물관

진 공책은 우리가 이런 시절에 쓰던 것과 똑같다. 그녀의 유년기는 우리의 유년기와 자연스레 겹쳐진다. 이미 지난 세기에 온 세상이 엇비슷한 물건을 쓰면서 엇비슷한 시대를 체험하며 살았다. 요즘 아이들이 즐기는 바퀴 달린 놀이기구의 원형도 있다. 자와 컴퍼스, 구슬, 딱지, 가방과, 귀를 감싸는 털가리개, 벙어리장갑 등 그 모든 것이 우리네 유년기와 어쩌면 그렇게 똑같을까!

그러나 아직 배를 곯는 사람이 많던 그 시절에 학교에 못 가고 모래를 나르거나 탄광과 유리 공장에서 일하며 직업 훈련을 받고, 포도밭에서 진드기를 없애려고 제초와 가지치기나 접목을 하던 어린이들의 생활상도 잔잔히 펼쳐진다.

위층은 청색 벽지에 황금빛이 극명한 동정녀와 종교의식에 쓰이는 성유물로 마감된다.

남은 작은 물고기들을 주워갔다

이런 것들을, 이 모든 것을 남기고 알리스 타베른은 1969년에 세상을 떠났다. 그녀는 수집품으로 가득하던 이 옛집의 화재를 걱정해 춥고 긴 겨울밤을 전기도 들여놓지 않고 군불 곁에서 떨며 고독하게 살았다. 그녀의 제자였던 지리학자 로베르 부이에가 박물관장을 맡아 뒤를 이었지만 이 사람도 은퇴했다. 자원봉사자들의 열의가 없었다면 박물관은 여태 살아남지 못했을 것이다.

알리스 타베른 박물관

알리스의 아비지 루이 타베른은 이 지역 출신으로 철도회사 사무직으로 일했다. 그는 알리스의 어린 시절 파리에서 근무하다가 고향으로 내려왔다. 그 뒤 아마추어 고고학자로서 이 지방의 구석기 유적을 발굴하고 향토 유물을 수집하면서 비행기 발명에 몰두하기도 했다. 이런 그를 마을 사람들은 괴짜로 여겼다. 알리스는 소녀 시절 종종 외갓집에서 지내면서 물레방아를 비롯한 시골 생활에 깊은 정을 쌓았다. 그녀는 그 물레방아 돌아가는 늪가에서 사람들이 고기잡이 하던 날들을 잊지 못했다. 가난한 소년이 먹을 것을 찾아 오곤 했던 일도 회상하곤 했다. 애틋한 첫사랑처럼…. 소년은 주린 배를 채우려고 진흙뻘에서 남은 작은 물고기들을 주워갔다. 이 시절의 낚싯대와 어망과 삼태기도 박물관 한구석을 밝힌다.

그녀가 스물세 살이 되던 해, 병약한 어머니가 돌아가셨다. 그녀는 파리생활을 포기하고 고향에 내려와 혼자가 된 아버지와 함께 버려지고 방치된 물건을 수집하는 일에 더욱 적극적으로 가담했다. 부녀는 이 지방에서 최초로 구석기 부싯돌을 발굴하는 성과도 올렸다. 16세기 성당의 나무틀 장식, 우아한 루이 13세식 명품 의자도 무지한 사람들의 땔감이 될 뻔하다가 부녀가 알아보는 통에 살아남았다. 그러다가 2차 세계대전이 터지면서 부녀에게도 불똥이 튀었다. 동네에서 독일어를 할 줄 알던 유일한 '인텔리'이던 아버지는 떨어진 전투기 잔해를 수색하러 왔던 독일군을 위해 통역을 해야 했다. 하지만 이것이 빌미가 되어 나중에 이적 행위를 했다면서 손가락질을 받으며 괴로워하던 끝에 사망하고 말았다.

알리스 타배튼 박물관

혼자 된 처녀의 산골 작전

알리스! 혼자 된 처녀의 막막함이 오죽했을까. 앞으로 가야 할지 포기할지 너무나 어려운 고비였다. 아빠의 사랑을 잃은 그녀는 그 슬픔을 이겨내려고 다른 총각을 택하지 않았다. 그녀는 아빠가 하던 대로 발로 뛰며 농촌을 돌아다니고 수집을 계속하면서, 늘 하느님의 그림자처럼 아빠가 자신을 지켜준다고 믿었다. 그녀는 아빠와 함께 현장 실습과 인생 공부를 했던 수제자답게 스승으로서의 아버지 뜻을 잇겠다는 의지로 모든 어려움을 견뎠다.

원래 농가의 헛간에 아버지와 함께 방대한 물건을 모았던 그녀는 얼마 되지 않는 재산을 정리해 지금의 박물관이 된, 당시는 폐가였던 18세기 저택을 사들였다. 그렇게 그녀는 독신으로 살면서 아버지의 꿈과 뜻을 이어갔다. 감자를 사러 장에 갔다가 눈에 띄는 물건이 있으면 감자 대신 그것을 사들였다. 그녀는 극히 검소하게 살았다. 이런 수집품을 단 한 점도 팔거나 생활 방편으로 삼지 않았다.

그녀는 발이 부르트도록 산골을 걷고 또 걸어 사람들을 찾아다니며, 농촌과 산간생활과 풍습에 대한 증언을 받아 적었다. 그렇지만 사람들은 호락호락하지 않았고 이런 선구적 작업을 이해하지 못했다. 이상한 사람 취급받기 일쑤였다. 요즘에 구술증언 채록이 인문학의 근간이 된다면서 학계와 박물관마다 법석대는 것에 비하면 세상 인심은 너무 싱겁게 달라지곤 한다. 마을 면장과 신부님의 도움이 있었다 해도 그녀의 작업을 이해하고 함께하려는 사람은 많지 않았다.

폴 포르티에 볼리외 같은 이는 조금 떨어진 로안 시에서 가죽염색 사업을 했는데, 자동차로 그녀의 나들이를 거들곤 했다.

알리스는 이렇게 박물학의 한 모범이 되는 길을 외롭게 걸었다. 선구자들이 겪는 불가분한 고독이다. 오래된 골동품이 아니라 시시껍절해 보이는 바로 엊그제 쓰던 물건에서 우리 자신을 알고 이해하게 된다고 생각하는 사람이 거의 없던 시절이었다. 우리가 사는 이 세상 전부, 그 땅덩어리, 바다 속 모두가 자연과 문명의 박물관이고, 시간은 우리의 흔적을 그 대지와 해양 깊은 곳에 층층이 쌓아두고 있는데! 어떤 계몽 사상가는 산중에서 발굴된 물고기화석을 보고 여행자가 썩어버린 생선을 던져버린 것이 그렇게 굳어졌다는 엉뚱한 상상을 한 적도 있었으니까.

1952년 그녀는 마침내 이 수집품을 26개의 방으로 분류하고 정리한 끝에 '농민과 장인 박물관'의 문을 열었다. 세계적으로 유례없는 일이었다. 도청의 지원이 보탬이 되었다. 전시실은 몇 해 뒤에 30개로 불어났다. 하지만 그녀는 박물관의 기반을 다지던 1969년 10월 29일 병으로 사망했다. "한 여인의 삶의 표본"으로 자신의 옛집만 남긴 채. 그 뒤로 박물관은 '알리스 타베른'으로 이름이 바뀌었다.

그녀의 표본은 인류학이나 박물관학에서도 그 가치를 따질 수 없는 한 시대, 한 고장의 삶을 통째로 보존하고 있다. 가장 작은 쐐기 하나, 바늘이나 실꾸러미 하나 놓치지 않았다. 한 여성의 삶의 축을 따라 움직이는 방식이다. 방대한 물건의 세계가 한 시대, 한 여인의

삶을 따라 전개된다. 어린 시절부터 죽을 때까지 자기 생애사의 순서를 따랐다. 물건마다 제 이름이 있지만 만약 생물학자 린네가 다시 살아나 이곳을 본다면 뭐라고 할까? 평생을 생물을 분류하고 명명하는 데 바친 그 사람이, 이곳의 물건을 어떤 식으로 정리하고 싶어했을까? 자연이 아니라, 하느님이 아니라, 인간의 손으로 만든 것들의 이 혼돈을 어떻게 보았을까? 하지만 지나친 분류보다 뒤섞이고 뒤얽힌 혼돈 자체가 불완전한 우리 인간의 분수에 맞지 않을까?

안마당은 수레와 우마차와 이륜마차의 파편과 안장들이 차지했다. 손잡이가 길쭉한 펌프들도 특이하다. 맷돌들과 맷돌을 닮은, 지름이 한 발이 넘는 큰 약수터 물받이 같은 것을 들여다볼 때 갑자기 소란스런 외침이 들렸다. 마담 한 사람이 그 앞으로 달려와 덩실덩실 춤을 추듯 그 둘레를 돌며 감격했다.

"아니, 그러니까, 내가 어렸을 때는…"을 연발하면서 아주머니는 포도즙 짜는 방아의 손잡이를 힘차게 돌리려 했다. 나는 아주머니에게 포도를 발로 짓이기지 않았었는지 물어보았다. 이런! 멍청한 질문을. 그녀는 그런 것은 옛날 옛적 풍습을 요즘도 하는 것처럼 할리우드에서 지어낸 것인 줄 몰랐냐면서 깔깔 웃었다. 하기야 생각해보면 벌써 중세 초기에 웬만한 농기구의 기계화가 활발하던 일차 산업 혁명이 시작되지 않았던가! 왜 이리 잘 잊는지. 영화의 장면은 역사를 다 제치고 우리 기억을 독차지하려 들 뿐이니…

아주머니는 정말 소녀처럼 "아빠가 저것을 이렇게 할 때, 난 요렇

게 했거든!” 하면서 아빠와 춤을 추는 시늉으로 신바람을 내며 이리 뛰고 저리 뛰었다. 나는 엉겁결에 그녀가 내민 손을 맞잡고 굼뜨고 머쓱하게 아빠 시늉을 하며 발을 놀려야 했다.

한바탕 웃어넘기고 나니 땀까지 났다. 아주머니는 다시 이제 막 수확한 포도 따기 이야기를 이어갔다. 언덕 아래 포도밭을 가리키면서 햇포도주 자랑이 대단했다. 부패방지첨가제(무수아황산)를 넣지 않은 이 ‘코토 로아네’를 이따가 꼭 맛을 보라며. 그러면서 돌아가는 길에 저 아래 들어오던 삼거리에서 백미러를 들여다보라고.

떠나는 길에 마담의 조언을 따라보기로 했다. 정말로 그 언덕 위로 솟은 마을이 백미러 속에 그림같이 아담하게 들어왔다. 마을 풍경이 백미러 속에서 완벽해 보인다던 아주머니 말대로 아무것도 더하거나 뺄 것이 없었다. 그런데 그렇게 “백미러를 들여다보면서 앞으로 나가라”고 하는 그 진의가 무엇일까? 한 번 더 이 마을을 기억에 새겨두라는 말일까? 아니면, 앞으로 나아가면서도 항상 뒤돌아보기를 잊지 말라는 뜻이었을까?

라르브렐

꼭두각시의 웃음과 눈물

마리오네트 박물관, 리옹, 프랑스

앙비에를에서 승용차로 로안을 지나 라르브렐이라는 마을을 거쳐 리옹으로 향했다. 포도원과 방앗간과 삼(대마)밭이 펼쳐지는 나지막한 구릉지. 보졸레 지방과 리옹을 잇는 길목이다. 수 세기 동안 파리와 리옹을 잇는 대로의 목이었고 '마이카' 시대에는 7번 국도의 요지, 즉 휴가철이면 미어터지는 곳이었다. 지금은 초라하다. 이곳에서 반세기 이상 번창하던 직물 공장들이 1960년대에 급격히 사양길에 접어들어 문을 닫았기 때문이다.

길도 공장처럼 억울함을 겪는다. 그렇게 오랜 세월 사람의 발길과 말발굽과 자동차로 다져왔지만, 일단 고속도로가 뚫리고 난 뒤에는 짜증나는 사고다발 지역이라는 오명을 뒤집어쓴다. 왕년에 왕도王道였으면 뭐하나. 실제로 자동차를 타고 이런 마을로 접어드는 것은 위험천만하다. 쉽게 털어내고 길을 쑥쑥 뚫지 못하니까. 그 오랜 건물

마리오네트 박물관

과 길을 이리저리 에둘러 다녀야 한다. 로터리에서 맴도는 표지판도 복잡하고, 일방통행 때문에 몇십 미터 곁에 두고도 몇 킬로미터를 우회해서 진입하는 일이 다반사다. 그러니 교통사고도 많다.

그래도 길이 복잡해 맴돌아 들어가는 곳일수록 역사가 깊다. 길에서 버리는 시간만큼 그 역사적 이름값을 치르게 한다.

그 많던 베트남, 알제리 식당들은 어디 갔을까

강변로를 따라 리옹으로 들어섰다. 구시가지 맞은편 강변로 안쪽 골목을 따라 늘어섰던 훌륭한 식당들은 흔적만 남겨졌다. 쾨쾨한 치즈와 돼지기름 냄새며 레몬에 다시 초를 친 새콤하고 쌉쌀한 냄새, 감자 삶는 냄새, 오향과 오리 구운 데 바른 간장 냄새, 새우와 야채를 튀겨낸 국물 냄새… 그 모든 고약한 풍미를 압도하는 고수라든가 사프란 향은 하나도 맡을 수 없다. 가끔 샌드위치 굽는 빵에 눌러붙는 양파 냄새만 풍긴다. 뱃속부터 울렁거리게 하는 양갈비 굽는 냄새도 없다. 옆구리에서 들어오는 강바람으로도, 강줄기를 타고 냉랭하게 밀려드는 북풍으로도 절대 쫓아내지 못하던 자욱한 향미였다. 그토록 많은 베트남, 중국, 알제리 식당들은 다 어디로 갔을까.

한 군데 중국식당으로 들어갔다. 구슬을 꿰어 두른 발을 걷는 순간 찌든 간장과 참기름 뒤섞인 냄새에 머리가 띵해진다. 주인아주머니

Prochains
Spectacles:
15 H
16 H 30
Petit Musée Fantastique
de Guignol
Prix d'entrée :
3€ enfants
5€ adultes

기뇰극장

말로는 새 정권 들어서 이런저런 압박으로 떠나야 했다고 한다. 무거운 과세 부담에 설상가상 중국 발 멜라민 소동이 겹쳤다. 여러 아시아 식당이 폐업했다. 베트남, 타이, 라오스, 캄보디아… 이들이 리옹 사람이 자랑하는 '리오네(리옹 토박이)' 식당 못지않게 얼마나 프랑스 사람들의 미각을 깨우쳐주고 싼값에 맛있고 영양가 높은 요리를 즐기게 해주었는데!

이런 식당의 사정은 대혁명 시절과 기이하게 닮았다. 대혁명기에 보수적인 이미지를 갖고 있는 화려하고 방대한 직물 산업의 중심지 리옹에서 제조와 판매를 독점하던 사람들이 직공들에게 지독한 저임금을 강요했고, 왕정은 갈수록 세금을 더 많이 거두려 했으니 노동자와 업주의 갈등은 첨예했다. 또 노동자들의 자유에 대한 갈망도 깊었다.

그러면서도 온건한 주민들은 대혁명세력의 '기요틴(프랑스혁명 때에 사용한 목을 자르는 사형 기구)'을 내세운 과도한 혁신 정책에 반기를 들었다. 그러자 1793년 북쪽 군대가 리옹의 반혁명 운동을 진압하러 내려와 1700여 명의 사상자를 냈다. 이런 공포정치가 막을 내리자마자 이번에는 '백색 테러'가 피바람을 불렀다.

이런 혼란 중에 지역 경제는 황폐해져갔다. 가장 큰 돈줄이던 견직물 산업은 무너지고, 대중은 비참하게 살았다. 그 수공과 기계의 합작으로 리옹의 자랑이던 '자카드' 천을 제작하던 '카뉘(리옹 견직공)'들은 희망을 잃고 다른 지방과 나라로 떠났다. 카뉘는 당대 사회주의 운동 사상가들에게 영감을 주었던 만큼 사회학도들에게는 익숙할 것이다. 생시몽, 마르크스, 푸리에, 프루동이 봉기해 일어난 그들을 주목했으니…. 이들은 하루 18시간 일했다.

"자유롭게 일하며 살든가 아니면 싸우며 죽겠노라!"라고 외친 1831년의 봉기는 최초의 노동자 봉기였다. 당시 진압군은 포 150문에 2만 명의 대군이었다. 1849년에도 들고일어났다가 처참하게 진압당하기도 했다. 역사에 깊은 앙금을 남긴 카뉘 견직공들이 살던 비탈진 달동네 '크루아 루스'는 1999년에 유네스코에서 역사 유산으로 지정했다.

로랑 무르그와 꼭두각시 기뇰

마리오네트 박물관으로 가는, 대성당과 인형 가게들을 지나 잊어버린 옛길을 찾느라 서너 바퀴를 돌고 돌았다. 최근에 개편 작업을 하고나서 재개관한 마리오네트 박물관은 전 세계의 꼭두각시 인형들과 만날 수 있는 곳인데 이전에 우리 것이 없었으니 어떻게 되었을까? 그렇게 같은 길을 오가며 길거리 가설 무대에 나온 인형들의 놀림을 받았다. '기뇰'이라 부르는 꼭두각시들이다. 바로 카뉘이던 로랑 무르그(또는 무르게)가 좌절하지 않고 이 인형들을 만들어 사람들의 웃음과 자신의 웃음까지 찾았다는 사연의 주인공이다. 로랑 무르그는 현재의 박물관 근처 둑방에서 노점상을 하다가 시장을 떠도는 행상이 되었다. 거리에서 마주치는 작은 가설극장은 그가 짊어지고 다니던 원형에서 크게 달라지지 않았다. 물론 그전부터 있던 마리오네트 인형극이 대중적이었다. 그때 인형극의 스타는 '폴리쉬넬'이다. 이탈리아 희극의 주인공 풀치넬라가 프랑스로 건너와 폴리쉬넬이 되었다. 풀치넬라는 배불뚝이 곱추였고, 매부리코에 새소리를 흉내 내는, 말하자면 고약하고 거부감을 주면서도 무엄하며, 먹보에 재담꾼으로, '벌거벗은 임금님'의 정체를 폭로하는 아이처럼 짓궂으면서도 순진한 척하는 인물이다. 이 광대는 빤히 다 알면서도 상대방의 체면을 존중해 모른 척하는 '다 아는 비밀', '비밀 아닌 비밀'을 대담하게 발설하면서 사람들을 난처하게 하고 그 위선을 까발리곤 한다. 그러니 후련하게 할 말을 대신해주는 점에서 깊은 공감을 느끼면서도 친하기에는 떨떠름하고, 이질적이면서 뭔가 두려움을 주는 애매한 존재였다.

로랑 무르그는 열아홉 살에 직장 동료 잔 에스테를과 결혼했다. 아이를 열, 또는 열여섯이나 낳았다는 말도 있다. 먹여 살릴 고민이 좀 깊었을까. 이 가엾은 아이들은 나중에 셋밖에 살아남지 못했다. 그는 자기 가족을 모델로 인형 한 식구를 만들었다. 기뇰과 아내 마들롱과 아이, 친구 냐프롱 세 사람이다. 누더기 차림이다. 당시 로랑은 치과 조수가 되어 광장에서 사람들의 이빨을 뽑아주는 일도 했다. 사람들이 지켜보는 가운데 발치하는 사람은 인형들의 웃기는 모습에 배꼽을 잡는 이들 틈에서 그 고통을 눈물을 짜면서 웃음을 짓는 꼴이 되었다.

그러다가 평화가 찾아오고 로랑은 견직공으로 복귀했다. 그러면서

마리오네트 박물관

도 주말이면 광장으로 달려가 친구와 이웃과 어린이를 위해 다시 그
어렵던 시절의 공연을 이어나갔다. 그가 어떤 공연을 했는지 기록이
나 구전이 남아 있지 않아 알 수 없다. 그가 새로운 인형의 주인공으
로 자기와 같은 처지의 직공과 그 아내와 친구들의 하소연을 듣고 위
로하는 장면을 연출했던 부분만 전해진다. 그의 아들과 사위도 한때
는 '마리오네트의 몰리에르'라는 소리를 듣기도 했지만 종국에는 어
릿광대로 잊혀졌다. 언론도 전문가도, 당대의 누구도 이들을 주목하
지 않았다. 관객만 제외하고.

　꼭두각시 '기뇰'은 이런 슬픈 탄생 설화 때문에만 성공한 것은 아
니었다. 눈물에 웃음을 뒤섞었기에 울면서도 웃지 않을 수 없게 했
고, 우리 모두의 애환을 그려냈다. 아무튼 이런 미학도 환영받았지만
또다른 배경도 있다.

　그 당시 어린이에 대한 사회적 관심이 비등했다. 물론 어린이를 상
대하는 산업도 폭발적으로 성장했다. 동화책과 어린이 피복류가 그
유행을 이끌었다. 이른바 어린 소녀가 (프랑스 대혁명을 무대로 한 빅
토르 위고의 『비참한 사람들(레미제라블)』의 여주인공 콜레트처럼) 성
인물에서도 주인공이 되었다. 주부들이 간편해지기도 한 자신의 치
장 외에, 아이들 복장에서 남편의 부를 과시하는 소비 성향이 거세게
아동용품 시장에 몰아쳤다. 이런 가운데 못 먹기도 하겠지만, 못 입
는 아이들의 불행과 슬픔을 달랠 수 (연주회에 갈 수 없고, 성가대에도
참여하지 못하는 아동에게 유일한 동네 구경거리) 있었다는 점에서 기

놀 인형극은 사회적으로 큰 몫을 했다. 화려하게 차려입고 장갑과 모자, 부채를 든 어머니, 지팡이와 높은 모자를 쓴 아버지와 더불어 비단 드레스를 입은 소공녀, 소공자는 고사하고 일가족과 백화점 상자들을 들고 사진관에 가서 가족사진 촬영을 하는 즐거움도 누리지 못하던 아이들이 부지기수였을 테니까. 그때부터 기뇰이라는 이름은 인형극의 대명사가 되었다.

기뇰의 풍자정신은 비아냥거리는 냉소에서 나오지 않았다. 연민과 사랑에서 나왔다. 어려움을 이겨내려는 긍정과 굶주린 배를 냉수로 채우고서도 웃음을 잃지 않고 위엄을 보이려는 아빠의 사랑에서 나왔다. 앞치마로 눈물을 훔치는 아내를 뒤로 숨기며 세상에 굴하지 않는, 남루한 옷차림이지만 당당한 목청으로 말하는 아빠의 용기에서 나왔다!

기원전 2000년부터 시작된 인형의 역사

가다뉴 박물관은 16세기 초에 세워진 건물이다. 1922년 리옹 시사市史박물관, 1950년에 국제 극인형 박물관이 들어섰다. 안뜰로 트인 벽면마다 갖가지 창으로 뚫고, 아래층 출입문들의 상인방과 문짝을 제가끔 무대처럼 꾸민 남쪽 지방 건물의 아기자기한 분위기가 물씬하다. 벽면은 여러 단면이 트이는 하나의 넓은 무대가 된다. 위대한 르네상스 건축가 필리베르 들로름의 고향답게 프랑스 르네상스 건

축이 이탈리아를 모방하면서도 그 공간 연출에서 차츰 독자성을 찾
아가던 때의 양식이다. 창틀은 둥글게, 뾰족한 불꽃 송이 또는 바구
니 손잡이나 반쪽 두루마리 통형 혹은 가리비조개처럼 펼쳐지고, 꽃
다발 몇 개가 반복되며 공간을 아기자기하게 채운다. 또 기단은 여러
층으로 차츰 가늘어지는 작은 계단으로 쌓아올렸다. 격자창 무늬도
다르다.

이렇듯 예스러운 안뜰은 변함없고 소장품도 큰 변화는 없었다. 요
란하게 다시 문을 열었지만 협소한 실내는 되레 이전보다 답답하고,
다국어 해독기 등을 갖춰서 입장 수입을 늘리는 데 치중했다.

옹색한 방을 밝히고 있는, 넙죽한 가죽판에서 전통 의상의 인물을
도려낸 그림자놀이인 '와양 쿨리트'. 자바와 발리 등에서 성행하는
것이다. 일본 인형은 입과 눈이 움직이고 대단히 섬세하다. 손가락
끝이나 막대에 끼우는 것도 보인다. 줄에 매단 것은 버마 것이다. 홍
콩 것은 젓가락으로 사지를 움직인다. 하지만 우리 꼭두놀이를 비롯
해 만주와 몽골 등 시베리아 대평원을 누비던 인형들은 보이지 않았
다. 열어젖힌 가슴에서 거인의 얼굴이 튀어나오는 러시아 무용수는
시베리아의 추억을 간신히 전해준다.

생각보다 인형극의 역사는 깊다. 서구에서는 로마 제국 말기부터
시작되었지만, 인도 등 동남아에서는 기원전 2000년부터 즐겼다.
라틴아메리카도 기원전에 즐겼다는 사실이 밝혀졌다. 이런 원시사
회의 인형들은 탄생과 교육, 결혼과 장례, 파종과 수확 등 우리 삶
의 중요한 고비마다 벌어지던 잔치와 의례의 이야기를 들려준다.

마리오네트 박물관

아무튼 박물관은 건물과 내장, 조명 손질에 집중하다보니, 파리 시내 공원처럼 많은 사람이 관람할 수 있는 적당한 터를 확보하지 못했다. 장의자에 서로 엉덩이를 붙이고 인형들을 손가락질하며 낄낄대는 관중이 보여야 제격인데, 이런 마당이 아쉬웠다. 그래도 오래전 서울 서초동에 프랑스 학교가 들어섰을 때, 파리에서 날아온 친구들이 그 교정에서 공연했던 종이비행기 모자를 쓴 익살꾼, 폴리쉬넬과 재회했으니 최악은 면했다. 딸기코에 삼각 머플러를 두르고, 챙 달린 파란 제모를 쓴 벨기에 민중 영웅 찬체스도 나왔다. 모두들 시대의 압제에 순응하지 않고, 투덜대면서도 어려운 생활을 극복하는 지혜를 찾던 영웅들이다.

어디에서도 찾아볼 수 없는 꼭각시 인형

일본 인형은 앙증맞고 세련되었지만 선뜻 정이 가지 않는다. 요즘 대한제국 시절에 일본이 획책하던 식민화의 비밀을 밝히고 있는 영국인과 프랑스인의 여행기를 번역하면서 새삼 미움이 움텄기 때문이다. 그렇게 많은 동네가 지금 신도시 건축 바람으로 사라지고 있는 것보다 더하게, 식민 치하에서 우리의 지리와 자연과 풍습이, 셀 수 없이 많은 귀중한 우리 자신의 일부가 잘려나갔기 때문이다. 인형을 만들고, 꼭두놀음 같은 민중극을 즐기던 예인藝人의 맥이 끊긴 것은 사회생활의 불가피한 변화라기보다 의도적, 강압적인 식민 정

마리오네트 박물관

책의 결과였다. 일제 강점기에 그 시대를 겪지 못한 세대가 짐작하는 것 수백 수천 배 이상으로, 우리네 전통 문화는 놀라 몇 번씩 자빠질 만큼 깊고 깊은 나락으로 굴러 떨어졌다. 이런 만행은 어린 여동생의 인형을 빼앗아 높은 나뭇가지 위로 집어던져 그 마음의 상처로 다시는 웃을 줄 모르게 만들었던 오빠의 몹쓸 짓거리 같다.

그 식민지 시대부터 우리의 고운 인형과 그 명장의 전통은 사라졌다. 바비 같은 서양 인형이 우리 친구가 되었다. 눕히면 눈을 감고 깨우면 뜨는 인형은 한번 망가지면 눈꺼풀이 내려오지 않아 눈을 부릅뜬 채 잠들어야 해서 우리 마음을 아프게 하기도 했다. 잘못된 성형수술로 그렇게 밤잠을 못 이루던 여인처럼. 또 참빗으로 빗어내려 가르마를 타고 쪽을 져서 야무진 데다 그 둥근 달덩어리 같은 두상이 여지없이 드러나던 단아한 미인상도 전통 인형과 함께 사라졌다. 그러니 언젠가 비행기 안에서 마주친 어떤 유명 여배우처럼, 가까이서 보니 완전히 천박한 관상인데도 지지고 볶은 파마머리로 그 윤곽을 가리고서 서구형 미인으로 통할 수 있었으니, 그녀에게는 사라진 전통 미인상과 사람들의 달라진 안목이 얼마나 다행이었을까!

그러니 우리 꼭두각시의 실종에 얽힌 역사를 이곳 박물관에서 알 턱이 없다.

풀각시 인형이 있었다면 깜찍하고 귀여워서 당장 뽀뽀라도 해주고 싶어지지 않았을까? 마치 조선 궁궐에서 그림 같은 춤사위를 끝내고 머리장식을 풀면서 어깨를 두드리며 힘겨워하던 기생의 뺨을 가볍게 꼬집어주었다던 왕자님처럼!

남사당의 놀이에서 대미를 장식하던 인형은 40여 가지나 된다고 하던데. '덜미'라고 부르는 꼭두각시놀음에서 그 피날레는 입을 딱 벌어지게 하지 않았을까? 그런 놀음은 이곳 인형극처럼 여전히 살아 즐기는 것이 아니고 무형문화재로나 보존된다. 아이들은 멜라민 색소에 오염된 울긋불긋한 중국제 놀이기구나 타며 놀고, 어설프고 조잡한 상업적 아동극의 소비자가 될 뿐이다.

이렇게 상심에 젖은 나는 기놀이나 망측한 인형들보다 더 우스꽝스럽고 딱한 꼬락서니가 아니었을까? 거들떠보는 사람이 없었기에 망정이지.

이런 무거운 발길을 내딛으며 출구를 향하는 내 앞에, 어두컴컴한 범선 밑창으로 내려온 듯 침침한 조명 사이로 두 팔을 벌려 커튼 콜 자세로 한 무리 꼭두각시들이 뛰어나와 막아서며 놀아달라 했다. 그렇지만 어쩌랴.

"얘들아, 미안해. 난 오늘 냄새의 천국을 찾아가는 길이라 같이 놀아줄 짬이 없어요!"

신발 박물관의 담장

인류의 진화는 발에서 비롯되었다

신발 박물관, 로망, 프랑스

아무리 교통이 좋아졌다고 해도 박물관을 찾아다니자면 잘 걸어야 하고, 잘 걷자면 발이 편해야 한다. 숙소로 돌아와 신발과 양말을 벗어던질 때의 홀가분함은 여행에서 빼놓을 수 없는 기쁨이다. 그런데 비가 안 와도 이상한 이곳에서 짚신같이 가벼운 신발을 신을 수는 없다. 대한제국 시절에 무거운 가죽장화에 말을 타고 한반도를 여행하던 서양인들은 우리네 짚신을 부러움 반, 무시 반으로 이야기하곤 했다. 그 짚신 시절에 무좀이나 티눈 같은 것은 없지 않았을까. 그렇게 친환경적인 신발이 어디 있을까!

우리 조상들은 발과 신을 중시했다. 그래서 맞선 볼 때든 사람을 볼 때 그 사람의 신발만 보면 된다는 옛말이 가훈처럼 전하기도 한다. 신발에 신경 쓰고 깔끔하게 하는 사람이라면 경제적으로나 정신적으로 차분하고 여유 있는 성품일 것이라고 평가하곤 했다. 그가,

아니면 그녀가 낙관적인지 염세적인 사람인지. 신발에 뭔가를 묻히고 다니는지, 아니면 깨끗한지. 툇마루 앞 섬돌에 가지런히 신을 올려놓을 만한 단정한 사람인지.

그런데 발은 손보다 더 우리 인간을 인간으로 만든 진정한 신체 부위였다. "인류 진화의 출발은 두뇌부터 시작되었다기보다 발에서 시작되었다"고 말이다. 아무리 훌륭한 유전자를 물려받았어도 태어날 때 뇌는 거의 텅 빈 상태이고, 걸음마를 하고 돌아다니면서 모든 것을 배워나갈 때 그 지적인 능력을 두뇌에 채워나갈 뿐이라고.

이곳 친구들이 딱해 보이는 일이 한두 가지가 아니지만, 경제적 불안과 스트레스에 시달리며 집 안에서도 신발을 신고 돌아다니는 것이 가장 딱해 보인다. 최근에는 바닥에 잔뜩 서식하는 곰팡이나 미생물과 잡균들의 온상인 모케트(바닥깔개)를 뜯어내고 온돌식으로 바닥 난방을 택하고서 활기를 되찾은 친구들이 늘고 있다. 단, 비용이 많이 드는 것이 문제다. 이렇게 되면서 밖에서 온갖 오물을 묻히고 들어오는 신발도 눈총을 받기 시작했다. 우리처럼 구두닦이가 있는 것도 아니니…. 이곳 친구들에게 신발은 곧 일상의 애환이다.

이런 잡념에 젖어 지친 발을 카페 의자에 걸쳐놓고 불어터진 발바닥을 주무르며 바라다보면 나야말로 참으로 한심하게 닳아빠진 솔질 한번 하지 않은 먼지투성이의 '스니커즈 족' 아닌가!

리옹을 떠나 남프랑스 '미디'라고 통칭하는 론 강 하구를 따라 내려가면서 차츰 본격적으로 그 지역적 본색을 드러내는 발랑시엔에서 다시 버스를 갈아타야 했다. 고속철 가설공사로 당분간 철도를 운행하지 않는다. 이름이 그럴싸한 로망은 표기는 로망스Romans이지만 발음은 로망까지만 한다. 로망까지만 발음하면 우리말로는 '로마네스크'라는 중세 예술 양식이다. 늘 이런 식으로 뜻이 오락가락하는 점이 불어의 까다로운 점이자 매력이다.

역전을 마주보며 보통 둥글게 진을 치고 있기 마련인 카페들은 그 고장의 인심을 염탐할 수 있는 무대다. 여행객이 지방 민심을 측정하는 잣대로 삼는 것은 대체로 '가르송(종업원)'과 바의 카운터에서 일하는 '마담'이나 아가씨가 무슨 신을 신고 무슨 언행을 보이는 지 등이다. 맨 처음 건네는 인사말과 함께 턱을 올리는지, 눈웃음을 짓는지, 가까이 다가오는지, 거스름돈을 어떤 식으로 내미는지, 맥주나 커피를 어떻게 갖다놓는지 그리고 무슨 신발을 어떻게 신었는지…. 이런 정도면 그 도시의 인정과 심술의 밑그림이 예고편처럼 눈앞에 쫙 돌아가게 된다. 손님 곁에서 발을 동동 구르며 헛다리질 하는 가르송을 보니, 이 고장도 남쪽의 뜨끈한 바람깨나 든 것이 분명하렷다!

송아지만 한 뾰족 구두

국제신발박물관은 시내 한복판 과거 수도원 건물 경내에 있다. 앞마당의 분수 그리고 높은 삼나무와 사각형으로 둘러싼 회랑은 별다른 특징 없이 평범하다. 바람에 딸랑대는 풍경 소리나 산중의 소슬바람이 없으니 입지의 자연적 혜택을 받지 못한 듯하다. 땡볕에서 아이들이 공놀이를 즐긴다.

현관홀에는 송아지만 한 뾰족 구두가 서 있다. 전시실 초입 통로에는 고래 뼈가 놓인 자연사박물관을 연상시키는 구두골의 뼈대가 을씨년스럽게 놓여 있다. 곧장 삐걱대는 마루를 돌고 돌아 맨 위층부터 찾아 올라갔다.

위층 다락방은 완전히 암흑이다. 폭우 속의 파도에 맞아 삐거덕대면서 소름끼치던 나룻배에서나 나던 소리가 들린다. 마루에서 울리는 소리다. 그렇게 걸음을 옮길 때마다 희미한 전등이 들어온다. 수도사가 침묵 속에 수련하던 독방들이 복도 양쪽으로 이어지는데, 각 방으로 드나들 때마다 전등이 밝혀졌다가 꺼지곤 한다. 그렇게 편안한 효과는 아니다. 다른 사람의 삐거덕대는 발걸음과, 전등으로 누군가를 추적하는 불빛처럼 뒤를 따라다니며 밝혀졌다 꺼졌다 하는 조명이 구두 구경에 무슨 도움이 될까. 산만하고 거추장스런 절약 방법이다. 어두워서 설명문을 읽자면 눈을 비비며 시력을 의심해야 한다. 그렇지만 내 뒤를 줄곧 따라다니던 한 쌍의 청춘은 아주 좋아라 하며 방정맞게 명멸하는 불빛을 즐기고 있었다. 들어왔던 곳을 또다시 들락날락하기도 하면서 숨바꼭질까지 즐기면서! 그래, 좋구나. 젊은 애인들은 시도 때도 없이 어디서든, 어떤 장애든 재미있어 하며 뛰어넘는 법이니.

그렇게 시대별로 분류된 컴컴한 다락의 독방들을 순례하면서 아메리카 인디언과 엘리자베스 영국 여왕과 또 부르봉 왕조 역대 군왕 내

신발 박물관

신발 박물관

외의 보석이 번쩍이는 신발들을 둘러보았다. 그러고 보니 이런 음산한 조명 효과가 말짱 헛된 일만은 아니다. 보석의 광채를 음미하는 데는 제격이다. 어둠 속에서 더욱 반짝이도록.

구두 수공업의 역사

가죽의 명장들과 장인에 대한 분류와 소개는 훌륭하다. 그 기구들은 커다랗게 개방된 중앙 홀에 펼쳐놓았다. 벽쪽에 공방 코너를 재현했다. 구두의 공정은 완전무결하고 위계적이다.

가죽을 다루는 사람, 무두질과 염색 등 비법을 전수하고 신발 형태로 각기 다른 가죽을 재단하는 사람인 코르두아니에는 원래 가죽 산업이 번창하던 에스파냐 코르도바 사람이라는 뜻이다. 이 구두 재단사가 오려준 가죽을 꿰매고 장식을 가미하고, 마무리 손질하는 사람이 있다. 가벼운 신발 짓는 사람 또는 어린이 신발을 어린 양가죽으로만 짓는 '바자니에'도 있다. 창갈이와 등갈이만 맡는 수선공이 그 뒤를 따른다.

이들보다 더욱 낮은 직급의 장인들은 '뜨내기 신발 수선공', '잔심부름꾼', '허풍선이' 등의 이름으로 불린다. 사부조차 없이 홀로 일하는 '보티에'도 있다. 뒤축만 깎는 '탈로니에', 구두골만 깎는 '포르미에' 등 모두 일감을 나눠 하는 것을 보니 구두는 과연 대단히 방대한 산업이었음을 알 수 있다.

한 층을 모두 차지하는 명품관도 전시 방법은 따분하다. 진열창을 일부 벽에 올려 띄워놓거나, 보통 제화점에서 보는 것과 다를 바 없다. 그렇지만 최근의 멋쟁이 구두를 선도해온 패션 디자이너로 통하는 명장들의 명품은 그럴싸하다.

폴 푸아레(1879~1944)는 마케팅과 브랜드 관리를 구두에 도입한 유능한 사업가이기도 했다. 때맞춰 등장한 사진 잡지의 성공에 편승할 수 있었던 점도 그에게 행운이었다. 그는 동양취미를 주도했으며 '빈티지'의 전설이 되었다. 또 자수 직물인쇄 공방을 차려 여성 취업에도 한몫했다. 너무 잘나가다보니 아라비안나이트를 모방한 파티 등으로 사치를 다한 끝에 파리 사교계를 움직이다가 1944년 사망할 때는 빈털터리였다. 1929년 대공황 여파에 얼어 죽은 대표적인 사례였다.

샤를 주르당과 그 동료들 가운데 앙드레 페루지아(1893~1977)는

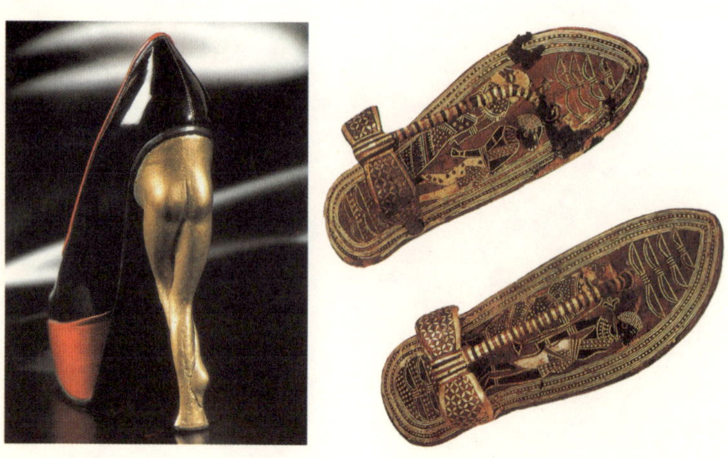

수제화의 명장이다. 특히 현대적인 단순하고도 화려한 색채, 뾰족한 뒤축을 없앴지만 여전히 높은 신발로 구두의 통념을 뒤집었다. 말하자면 이 사람은 구두의 심리학자로서 행동했다. 그에 걸맞게 자신이 지은 책에서 "여자의 성격을 이해하려면 그녀의 발을 알아보면 된다"는 격언도 남겼다.

고흐의 단화보다 진솔한 봉뱅의 군화

이 박물관은 명품 수집 외에도 다른 신발 박물관들과 다른 점이 있다. 가령 독일 라인 강변의 오펜바흐(프랑크푸르트 암 마인 근처) 박물관은 전 세계의 '가죽신', 즉 구두를 훌륭하게 갖추어놓았다. 네덜란드 부아 뒤 뤼크 부근의 박물관은 나막신과 어부의 장화를 비롯해 민속적인 소장품이 뛰어나다.

그런데 이곳 국제신발박물관에서는 특이하게도 구두를 주제로 다룬 그림을 모으고 있다. 이 고장 동호회가 후원하는 이 수집활동으로 지난 20여 년간 신발을 주제로 그린 유화들이 소장품에 들어왔다. 그러다 보니 신발을 장신구나 그림 한귀퉁이 소품으로 삼지 않고, 구두장이나 구두 자체를 주제로 삼은 북유럽 풍속화가 소장품의 주류가 되었다. 북유럽에는 사실과 풍속을 즐겨 그리던 많은 화가들이 구두와 신발을 소재로 남긴 작품이 풍부하다. 당연하게도 박물관은 그중에서도 감동적인 소품들을 끌어 모았다.

신발 박물관의 무명화가 풍속화

과연 가슴이 뭉클해지는 걸작이 있었다. 프랑수아 봉뱅(1817~1887)의 1876년 작 유화「예비군 병사의 신발」. 보불전쟁 때 출전한 예비병의 훈련화를 그렸다. 힘든 행군에 피에 젖은 상처를 감싸던 붕대 조각이 떨어져 나왔다. 작은 붕대 한 조각으로 병사의 고통과 시련을 함축한 수사법이 압권이다. 이것은 조르주 피유망의 소장품이었다. 조르주 피유망(1898~1984)이 누구인가! 어떤 지면에서든 소개하고 싶었던 중요한 말을 했던 사람이라서 그렇게 반가울 수가 없었다. 그는 미술사가로 바로크 화가들의 뛰어난 전기를 썼던 사람이다. 게다가 접이식 6×7 판형의 카메라를 들고 다니며 흑백 필름에 직접 사진을 찍기도 했다. 피유망의 사진은 억지로 꾸미려 하지 않는 소박함으로 내 잠을 설치게 했던 것들인데! 1950년대에 그렇게 꾸밈 없이 대담하게, 기계의 눈을 부인하고 사람의 눈을 되찾으려 했던 사진가가 누가 있을까? 없고말고.

보통, 신문과 잡지에 실린 사진들은 건물도 반듯하게 바로잡은 이미지로 보여준다. 우리가 육안으로 보는 것과 딴판이다. 요즘은 디지털과 컴퓨터로 조작이 더욱 간편해져서 우리가 보는 사진은 더 이상 있는 그대로 현실을 재현하지 않는다. 거의 어렴풋한 거짓말이다. 요즘의 사진 속에서 모든 것이 티끌 한 점, 먼지 하나 없다. 환상적인 위생 처리를 거쳤기 때문이다. 더구나 사람들은 여행을 가서, 풍경이나 유적 앞에서도 포토제닉한 기념 촬영을 하느라 바빠 그 자연과 현실을 관찰하거나 체험하는 데 인색하거나 무관심하다. 사진에 담겼으니까 나중에 보면 된다고 안심하면서! 나중에 뭐가 보일까.

복잡하고 추한 현실은 사진 속에서 모두 볼만하고 멋진 이미지가 된다. 그런 이미지로 현실을 보는 데 익숙해져버렸다. 세상 모습은 사진발을 잘 받고, 사진에 잘 찍힌 것을 더욱 자연스럽게 볼 지경이 되었다. 우리 눈으로 본 대로 사진에 보인다면 오히려 어색한 취급을 한다. 우리 눈을 기계의 눈이, 렌즈가 빼앗아가 버렸는데도 우리는 점점 더 마치 안경을 쓰고 본 것이 자신의 진실한 시력인 듯 심한 착각에 젖어버렸다. 피유망은 이런 말을 했다.

"어떤 나라나 고장을 아름답게 하고, 생기 있고 매력적이면서 그토록 인간미를 풍기게 하는 것은 그 고장 주민이 쌓아왔던 것들이다. 도시든 농촌 마을이든 수백 년 동안 거기 살던 사람들의 취미와 문명을 증언한다. 위대한 건축가의 작품일 뿐만 아니라 장인과 석수, 석목수와 대장장이의 작품이다.

그런데 이 전통적 면모가 위기에 처했다. 우리 시대의 건축은 최소한 미적인 배려와 조화로운 감각도 없다. 각자 제멋대로 사소한 만족감에 취해, 종종 형편없는 재료와 기계로 찍어낸 지붕처럼 석고, 시멘트, 벽돌은 요란하게 채색되어 옛날 아름다운 마을의 매력을 깬다. 어떻게 하면 지금 간신히 살아남은 이런 아름다움이 특권층 엘리트만의 것도 아니요, 우리 모두의 유산이자 우리가 지키고 사용하는 것이라고 생각하게 할 수 있을까?

그러자면 우선 그것을 보호할 수 있는 행정가, 교육자, 성직자를 교육해야 한다. 성직자는 옛 성당의 아름다움을 염려할 것이고, 교사는 학

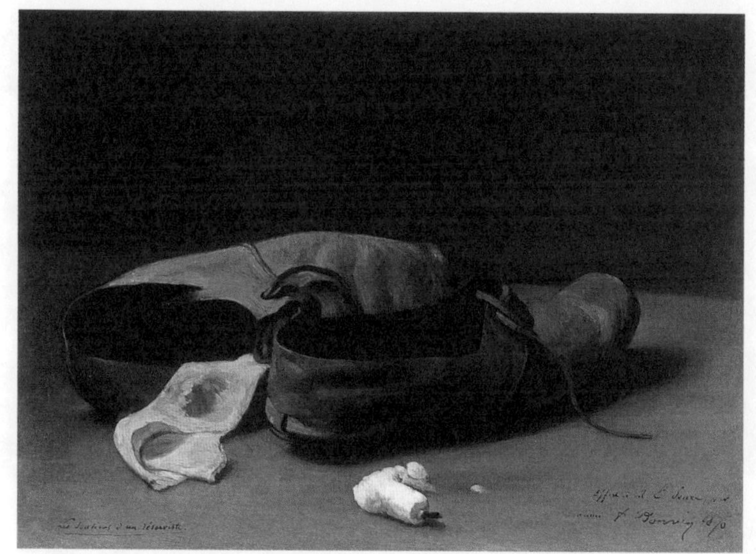

프랑수아 봉뱅 「예비군 병사의 신발」

생들에게 자기 고장의 건축을 가르치며 그 대표적 특징을 지닌 유적을 사랑하도록 현장학습을 나갈 수 있고, 행정 당국은 아직 남아 있는 건물을 관리하며 존중하는 모범을 보일 테니까.

무엇보다 집짓는 사람들을 재교육해야 한다. 한 달쯤의 실습 기간을 두고, 그 취미를 고양하고 아무 때나 '현대화' 라는 쓸데없는 파괴 행위에 나서지 않도록, 청강을 의무화해야 한다."

봉뱅의 이 군화는 빈센트 반 고흐가 그린 군화보다 과장이 덜하고 그만큼 진솔하다. 그런데 군화 하면 얼핏 떠오르는 것이 있다. 최전방 군대 시절에 보았던 구두 한 켤레다. 제대를 앞둔 말년의 고참이 닦고 또 닦고, 외출만을 기다리면서 애지중지하던 군화다. 고참은 밤이면 졸병들을 집합시켜놓고 항상 이 구두코의 마법에 대해 일장연설을 늘어놓곤 했다. 그에게는 교외선 열차를 타고 그 구두의 마술을 즐기는 것이 최고의 즐거움이었다. 고향이 먼 남쪽의 섬이라 주말 외출로 고향에 갈 수 없는 딱한 처지였기 때문이다. 그는 열차 안에서 치마 입은 아가씨들의 발 사이로 그 구둣발을 들이밀기만 해도 무슨 기적이 일어나는지 상상하며 감격하곤 했다. 모든 비밀이 다 비친다는 것이다. 그는 여의주를 앞에 놓고 "보여라 보인다, 보이지 않느냐!"라는 주문을 외며 법열에 젖어 눈을 뒤집는 마왕이 되곤 했다. 그의 입에서 흘러나온 분비물과 그의 지문이 지워질 정도로 닳고 닳은 검지가 이런 검은 거울의 마법에 바친 정성의 흔적이었다. 그 군화를 다시 찾을 수 있다면! 그것을 이곳 유리상자에 넣어 공개한다면 그 파문은 대단하지 않을까? 사람이 권태롭다보면 어떻게 되는지!

염천교 밑에 구두 박물관을

텅 빈 마당으로 나와 둘러보려니까, 지지고 볶고 번잡하기 짝이 없는 서울역 옆의 염천교 생각이 난다. 근방의 구둣방들은 지금도 여전하다. 가죽처럼 질긴 생명력이다. 대부분 재개발로 쫓겨나기 마련인데 존경스럽다. 과거 시골에서 밤열차를 타고 상경한 사람들은 그곳에 들러 흙 묻은 검정 고무신을 벗어던지고 새것처럼 광이 나는 헌 구두를, 새 구두로 수선했거나 여러 부위를 짜맞추기도 한 중고품을 한 켤레씩 사 신고는 했다. 손재주 좋다는 소리를 듣는 우리가 염천교 그 어디쯤에 가교라도 올려 구두박물관 같은 것을 개장할 수 있을까? 선술집 광고 문안을 새긴 나무 구두주걱 같은 것도 구해다놓고, 만화경 같은 무늬로 짚을 엮은 것이든, 플라스틱으로 찍어낸 것이든 다양한 깔창도 구해다놓고 말이다. 젊은이들이 새로운 의욕으로 발을 모시는 일에 흥미를 느끼도록 할 수 있지 않을까?

그런데 이제 우리의 구둣방에서 사람들은 버스 정거장 곁이나 사거리 모퉁이의 작은 막사로 뿔뿔이 흩어져 유격대원처럼 근무한다. 이전에 꼭 그랬던 것은 아닌데, 새로운 창의적인 조합도 생겼다. 구두 밑창을 오리고 때우고 깎던 그 손으로 이제는 열쇠와 도장도 파고 새긴다. 가죽을 다루던 손은 나무와 옥돌, 상아, 쇠붙이를 다룬다. 이런 새로운 다변화는 현대 예술가들이 내세우는 크로스오버보다 창의성은 뒤떨어지지만, 전통으로 복귀해서 진일보하려는 일보 후퇴일까? 절실한 생존 전략과 궁리 끝에 찾아낸 비책 같다. 이런 전략이 전방위로 급속히 확산되는 것이 놀랍다.

어두운 실내에서 사진을 찍어야 소용도 없다. 그토록 많은 신발을 보고 나니, 그 한나절 사이에 어느덧 신발에 대한 안목이 좀 나아지기는 했을까? 카페에 들러 쉬면서도 열차를 기다리면서도 사람들 발꿈치만 쳐다보게 되었다.

Musée
International
de la Parfumerie
M
i
P
Accés
Access
2 Boulevard
du Jeu de Ballon
musée
international
de la PARFUMERIE

향수 박물관 외관

향수 짜내는 산동네

향수 박물관, 그라스, 프랑스

바다를 찾는 길은 천천히 가야 한다. 내륙의 습지에서 뭉개다가 갑자기 싹싹한 지중해 바람을 맞는다면 놀란 몸을 추스르기 어려울지 모르니. 우리 몸이 어디 우리 맘대로 되던가. 온종일 걸려야 바다에 도착하던 시절에도 사람들은 이런 숨고르기에 매우 신경을 썼다. 더구나 특별한 향기를 맡으러 가는 길이다. 감각이 무뎌지지 않으려면 몸 상태도 좋아야 한다.

나는 18세기 사람들이 이륜마차로 지났던 길을 몇 배나 빨리 지날 것이다. 그래도 반나절을 몽땅 열차에서 날릴 판이다. 어차피 리옹까지 거슬러 되돌아가야 한다. 그곳에 남쪽 지중해안으로 가는 열차편이 더 많기 때문이다. 소도시에서 하루를 눌러 있다가 시간을 한 번만 잘못 맞춰도 자칫 하루를 날려버리기 십상이다. 이렇게 대도시로 도돌이표를 따르듯 돌아가는 일상은 현대인의 지독한 낭비다.

교통편이야말로 중앙집권적이고 대도시 중심으로 모든 생활을 재
편한 주범이다. 더 크고, 더 몰리고, 더 부풀고, 그래서 결국 도시를
위한 도시가 될 뿐, 사람을 그 도시의 절대적 기능에 맞추는, 인간과
도시가 완전히 누구를 위한 것인지 거꾸로 되어버린 곳으로 별 수 없
이 가야 한다. 그래서 유럽연합은 국가와 대기업을 위한 것일 뿐이라
는 험담도 자주 듣는다. 정작 통합된 나라에서 국민들은 더 불편을
겪고 있다. 통합경제의 불균형을 바로 잡느라 물가와 세금 부담은 커
졌다. 국경은 없어졌다는 말뿐 대도시 간 교통만 조금 운행 횟수가
늘었고, 이것도 고속철처럼 철도 당국의 이익만 고려했지 일반인, 특
히 농촌 사람들은 더욱 불편해졌다. 작은 역들을 대폭 없앴다. 통합
이전에는 가까운 국경을 넘나들던 열차마저 끊겼다. 요즘은 코앞에
두고서도 몇백 리를 돌아가야 한다. 벨기에와 프랑스 국경지역의 주
민들이 겪는 고통이다. 이탈리아와 프랑스 국경을 따라 마주보는 마
을들도 사정은 비슷하다. 그러니 통합이 오히려 가깝던 이웃 나라 주
민을 더욱 멀어지게 했다는 비판이 쏟아진다.

풍경을 듣는 보두아이예

리옹의 호텔로 돌아와 하루를 더 보내면서 들른 책방에서 향수 박
물관이 있는 그라스를 다룬 기행문집을 구했다. 장 루이 보두아이예,
이 문장가는 화가 요하네스 베르메르의 삶을 빼어나게 요약했던 사

람이다. 그라스 행 열차 속에서, 고속 구간을 지나고 나서 서행하는 동안 보두아이예의 책을 뒤적였다. 이런 문장이 나왔다.

"이 고장에서는 자연을 교향악단 연주를 듣듯이 본다. 선들은 늘어지고 겹치고 조합된다. 여러 악기 소리처럼 빛과 그림자, 텅 빈 것과 꽉 찬 것이 소리의 힘으로 서로 어우러지거나 맞선다. 끝없는 벽공碧空 아래, 우리는 풍경을 주시하기도 하지만, 그것을 들이쉬고 듣는다."

18세기의 은밀한 여인들이 숲에서 노는 장면을 즐겨 그린 화가 프라고나르가—흔히 로코코의 거장으로 통하는—그라스 출신이다. 그런데 보두아이예는 베르메르를 이야기하다가 프라고나르를 이렇게 빗댄 적이 있다.

"프라고나르의 그림은 꽃다발 비슷하다. 거기에서 바람이 일고, 빛은 공허하게 산산이 흩어진다. 베르메르의 그림은 철철 넘치는 꿀단지 같다. 혹은 계란의 속이나 녹은 납덩어리 한 방울 같다."

프라고나르가 꽃다발 향기에 둘러싸여 살았다는 말이다.

그런데 구두 수선공은 바질, 즉 향채香菜(꿀풀과에 속하는 식물) 단지라든가 '구두 수선공의 오렌지나무'를 곁에 두고 일했다고 한다. 헌 가죽신에서 나는 악취를 제거하려고 말이다. '방울새장'이라고 부르던 구둣방 노점이 성업 중이던 시대의 이야기다.

향수 박물관

영화제로 유명한 항구 칸에서 차를 갈아타야 하는 그라스는 산비탈을 지그재그로 끼고 오른다. 길가에 향을 짜내는 황동으로 만든 거대한 도가니들이 눈에 띈다. 멀리 하늘을 떠받치고서 지중해, '코트 다쥐르' 바다가 떠 있다. 산호빛 둥근 기와를 올린 지붕들의 물결이, 야한 자주와 주황 꽃나무들이 뭉게뭉게 피어오른 사이사이로 이 높은 고지까지 거침없이 밀려든다. 발밑 벼랑 아래로 넓고 시원한 지붕은 '프라고나르 향수 박물관'이다. 향수라는 이름을 붙인 사립박물관은 한두 군데가 아니다. 하지만 이 고장의 명예에 흠을 내지 않을 공립박물관은 이 그라스 국제향수 박물관과 프라고나르 박물관 그리고 '프로방스 역사와 예술박물관' 단 세 곳뿐이다. 다른 크고 작은 많은 사립박물관은 관광 명소인 만큼 골프장이나 카지노 못지않게 성업 중이다. 여러 가지 향기 감별법을 배우거나 향유를 짜는 방법을 배우는 등 아마추어를 위한 공방들이 많지만 그만큼 상업적이다. 이런 공방과 가게들이 길가 건물을 채운 경사로를 따라 갖은 방향에 취해 골짜기를 오르는 맛은 크게 나쁘지 않다.

박물관 접근로 앞에는 정자가 있다. 영웅의 기념상도 서 있고, 화가 프라고나르의 흰 석상은 로코코 스타일로 세워져 있다. 프라고나르는 자기 고향에서 향수 개발이 한창이던 시절 죽이 맞는 친구 수도사와 이탈리아 여행에 오른 적이 있다. 그런데 이 마을은 나라에 변란이 있던 과거의 한 때, 런던이나 브뤼셀로 도피하지 못한 사람들이

향수 박물관

험한 알프스 산자락의 사부아 지역을 거쳐 곧장 남하한 뒤 마침내 칸이나 니스 바닷가로 내려가 배에 올라 제노바, 나폴리 등지로 떠나기 전에 눈물어린 작별을 고하던 곳이었다. 이 거장의 증손녀로 인상주의 화파의 샛별 같은 화가, 베르트 모리조도 만년에 과부가 되었을 때 이 고장을 찾아 바닷바람에서 새 기운을 찾으려 했었다. 칸을 부채의 손잡이라 치면, 그것이 활짝 피었을 때 그 갈피에 해당되는 골짜기마다 서로 좋은 터를 찾아 여생을 즐기고 그 자리에 미술관을 남긴 화가들이 많다. 르누아르, 피카소, 레제, 샤갈 등등. 그래서 관광객들은 미술관으로 발길을 돌리다보면 미처 이 향기로운 마을을 잊은 채 지나치곤 한다.

　박물관은 재개관을 위한 보수 작업이 한창이었다. 우리와 달리 꼼꼼하고 오래 작업을 하다보니 몇 개월은 보통이고 미장에 몇 년씩 걸리는 것이 예사다. 또 새로운 특별전 준비가 겹쳤다. 어수선한 틈을 타고 계단문을 아무데나 밀고 들어가 미로 같은 안쪽을 둘러보았다. 회벽의 마감은 나무랄 데 없고, 위아래로 뚫린 공간은 보통 층마다 단절되기 마련인 건물과 다르니 좋다. 여유롭게 마음을 놓게 하고 드나들게 하는 틈새들이다. 바람벽마다 투명하게 터서 이어놓은 테라스 끝으로 다시 엷은 옥색 바다가 슬며시 떠오른다. 그런데 아, 정말 기막힌 점이 있다. 아무런 향기도 냄새도 없다. 향수 박물관이 황홀한 향으로 그윽하리라는 예상을 뒤엎는 깜찍한 전략이다. 밖에서는 그렇게 꽁무니를 쫓아다니던 그 많은 냄새가 이곳에서 갑자기 증발

해버렸다. 향수 박물관이라기보다 향수병 박물관이라고 해도 좋겠다. 그간 개발되어왔고 유통되어온 수많은 역사적 향수 제품들의 변덕스런 형태를 즐길 수 있으니 말이다. 게다가 향수는 절대왕정이라는 절대적 퇴폐기의 산물인 만큼 재료를 익히는 화로와 증류기구와 개발자들의 면모는 다른 데에서와 다르지 않다. 또 차가운 액정화면 대신 부드러운 스크린으로 기록영화를 상영해 옛 극장의 분위기를 재현하려는 방법을 선보였다.

여러 방 가운데 최상급은 화덕과 거울이 그대로 남아 있는 방이다. 마리 앙투아네트, 절대왕정의 절정기를 상징하는 그녀의 화사하고 슬픔을 모르는 철부지 같은 초상이 걸려 있다. 관객들은 당연히 미모의 팔자 좋은 왕녀와 공주들이 무슨 비법으로 향수를 사랑의 묘약으로 썼을지 끔찍이도 궁금해한다. 정말 비법이야 그렇게 피상적인 데에 있지 않다는 것쯤은 다 알면서도, 그래도 혹시나 하는 심정만큼 덧없이.

앙증맞은 걸작 공예품들

유리병 몸통에 붙은 상표들의 구식 석판 인쇄술도 볼만하다. 크리스털로 아슬아슬하게 소중히 다룰 만큼 날씬하고 투명하며 자극적인 병들도 귀엽다. 도자기에 채색하거나 혹 금사를 두르거나, 상감기법을 사용한 18세기 물건들이 다채롭고 화려하다. 앙증맞은 여인이

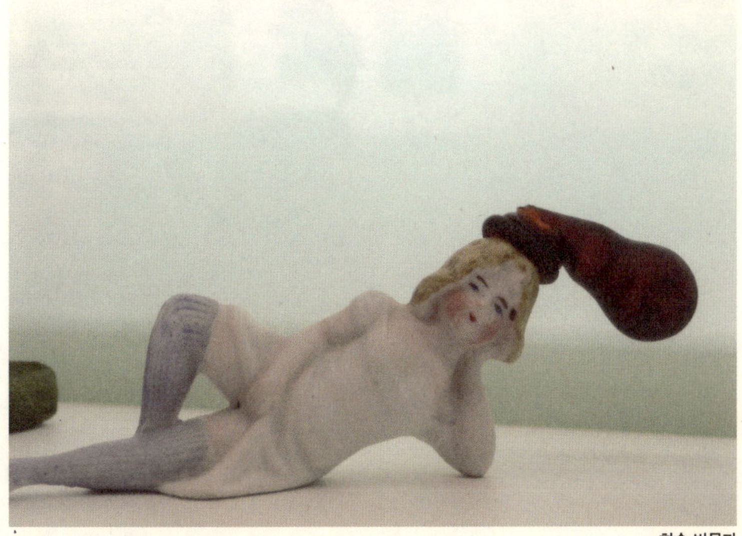

향수 박물관

향수 박물관 후원

나 인물을 상투적으로 장식화한 것보다 동물이 귀엽기는 더 귀엽다. 인간과 제일 먼저 살았던 순록을 크리스털로 조각한 것이나, 애완동물 장식은 털을 만질 수 없이 매끄럽기는 해도 그 속의 내용물과 어지간히 친근감을 준다. 향수를 담아 선물하곤 했던 상자들도 전시되어 있는데, 이 고장 사람들이 산짐승들을 잡아 가죽을 무두질해온, 천 년 가까이 지속된 솜씨의 일단을 엿볼 수 있다. 용기 제작에 사용하던 구리를 장식용 못이나 단추로 삼아 쇠시리를 두른 함도 절대로 흘려 볼 수 없는 걸작 공예품이다.

후원에는 오렌지나무들을 심었다. 다른 나무와 어울리기 싫어하는 도도한 그 나뭇가지에 오렌지가 주렁주렁 열렸다. 그 한가운데는 분무기를 겸한 현대적 디자인의 분수가 '키네틱 아트(움직이는 예술작품)'가 되어 물을 뿜고 있다. 그 뒤 건물 고요한 안뜰에 혼자 심심하게 몸을 비비 꼬는, 딱하고 외로운 향나무 그늘 아래, 아가씨들이 벤치에서 한가로이 잡담을 나누고 있었다.

박물관 정원 아래쪽은 장대 같은 삼나무, 또 너도밤나무와 전나무 등 활엽수와 침엽수 사이로 '올리베티' 집게로 올린 아낙네 머리처럼 풍성한 종려나무만으로도 남쪽 나라의 기운이 완연하다. 바다를 향한 비탈 쪽은 이런 지중해풍이지만, 산자락을 향한 안쪽은 거친 편이다. 북쪽에 비해 심술궂고 변덕스런 날씨에서 수목은 크게 자라지 못한다. 그렇지만 키 작은 나무와 관목들, 까치밥나무

향수 박물관

와 로즈마리, 라벤다와 도금양, 동백과 월계수 등 덩치 대신 야무진 초목이 되레 행운을 주었다. 가시와 넝쿨이 많은 수종은 장미처럼 향기가 짙다. 야생난은 덧없는 꽃향기의 위신을 지켜준다. 표본으로 책갈피에 끼워놓으면 몇백 년 뒤에도 그 향이 완전히 사라지지 않는다. 고고한 야생난 비슷하게 질 좋은 향수도 다른 것과 섞이기 싫어한다. 향수는 어설픈 샴푸 냄새 따위와 섞일 때 난처한 악취로 돌변한다. 화장품들이 뒤섞인 냄새에 향수까지 더하고 당당하게 복도를 스쳐 지나는 여인은 자신의 뒷모습이 남길 해괴한 여운을 알기는 할까?

향기와 체취

향수는 세상에서 가장 변덕스런 물건일지 모른다. 쉽게 익숙해지는 듯하다가 쉽게 날아가버린다. 그 냄새보다 그 상표의 이름과 그 연대의 이름이 더욱 냄새를 맡도록 유혹한다. 강렬하고 덧없는 유혹이다.

그런데 사람의 체취만큼 강렬한 냄새가 또 있을까? 향기도 될 수 있고 악취도 될 수 있다. 모든 것을 식히고 꺼트리고 녹여서 간직한 바다의 소금기가, 그 냄새가 그토록 잔인할 만큼 아무런 특징도 끌릴 것도 물리칠 것도 없이 그저 무덤덤하듯이. 바다의 그 무한한 품 속에 비린내를 감출 수 있듯이, 오장육부가 삭혀내고, 그 심장과 핏줄

을 타고 숨결에 실려 나오고, 그 한마디 말에도 묻어나오는 냄새가
있다. 찌든 담배와 술 냄새, 지독한 향수로도 절대 막을 수 없는 체취
말이다.

제노바 중심가

사이버 선창에서

해양 박물관, 제노바, 이탈리아

훌륭한 진품들로 채웠을까? 제노바 해양 박물관은 가장 최근에 문을 연 곳이다. 더구나 제노바라면 베네치아와 함께 일찍이 지중해를 석권하던 공화국이기도 했으니 진품에 대한 기대는 컸다. 그래도 반나절을 느린 열차로 지중해 코트 다쥐르 해안의 푸른 반사광에 몸을 맡기고 달리니 따끈한 온탕 속에 들어앉은 듯 온몸이 녹신녹신했다. 그만그만한 해변. 바다는 그것을 가로막는 서너 층짜리 별장들의 베란다 사이를 기웃거리고, 큰 배들은 작은 종이배처럼 수평선 위를 미끄러지고 있었다.

중간에 정차할 때, 참지 못하고 모여들어 담배를 피우고 잡담을 나누는 여객전무旅客專務들 덕에 둑으로 높인 철로변에서 바다를 좀더 가까이 바라볼 수 있었다. 몇 해 전 스웨덴에서는 여객전무가 플랫폼에서 담배를 피우던 승객을 저지하려고 열일을 제치고 달려드는 바람에 난리가 났었는데… 저절로 웃음이 나왔다. 코 앞에서 펼쳐지는 백사장에서 사람들이 일광욕을 즐기고 있었다. 폭은 좁지만 모래톱은 언제 끝날까 싶게 이어졌다. 뭉개진 구름을 거느리고 초고층 여객선도 떠 있었다. 알고 보니 그 역이 '산레모'였다. 가요제로 유명한.

거북해도 태연자약한 고도古都

바다를 눈으로만 내다보는 것은 어쭙잖다. 산에 가서 세상이 성큼한 가슴에 안기지 않는다면 뭐 하러 올라갈까. 그러니 바다가 출렁이지 않는다면, 요동치지 않는다면 뭐 하러 바다로 나갈까. 나는 지중해에서 배를 타본 적이 없다. 수영은 해보았다. 바다는 그 물속에 들어가보거나 최소한 배를 타고 비틀대야 제 맛이다. 배를 타지는 못하겠지만 해양 박물관에서 지중해가 북해나 현해탄과 어떻게 다른지 맛보기는 할 수 있으려나?

열차가 시내로 접근할수록 시뻘겋게 녹슬고, 칙칙하고 을씨년스럽게 방치된 공장들이 바다를 막아선다. 철골이 삐져나온 콘크리트 덩어리만 너덜너덜하다. 마지막 종점은 구역舊驛이지만 박물관은 국제선이 연결되는 신역新驛에서 가깝다.

전차와 전깃줄이 어지럽게 뒤얽힌 역 앞 비탈 위에 크리스토퍼 콜럼버스 상이 서 있었다. 그 맞은편 부두 쪽으로 남루하고 비좁은 골목 사이로 빠져나가야 박물관이 들어선 선창가로 닿는다. 거기까지 이어지는 골목은 뒤숭숭하다. 방수복과 칼, 나침반, 램프, 시계, 장화, 낚시, 복제판 비디오와 전자제품 등. 허름한 좌판, 빨래가 널려 창을 가린 불결한 집들과 잡동사니를 파는 이곳은 시장도 상가도 아니다. 누군가 불쑥 덤벼들 것처럼 마음을 놓을 수 없었다.

　제방과 선창가를 따라 도로와 상가가 늘어섰다. 박물관은 소형 선박과 요트로 붐비는 정박소와 겹치면서, 함께 문을 연 수족관과 나란히 바다에 걸쳐 있다. 그 주변 낡은 건물들과 거리와 부두에 나무 한 그루 보이지 않는다. 아이스크림 가게의 파라솔과 주차장, 이런저런 노점상, 양푼에 물고기 몇 마리 담아놓고 흥정하는 생선 장수와 야바위꾼과 구경꾼, 해변로 건너 동네의 울긋불긋 빛바랜 집들, 아파트와 총안을 둥글게 올린 망루와 노르스름하게 줌뿔나 보이는 합각머리 등 수 세기가 중첩된 건물들이 다닥다닥 붙어 있다. 그 앞에 가지런한 것은 가로등뿐이다. 그 전체를 거칠게 가로막으며 솟은 고가도로가 시야를 가로지른다. 이 모든 것이 아무리 거북해도 고도古都는 늘 태연자약하다.

실망스러운 산타 마리아 호

　박물관은 그 앞이 그대로 제방이다. 어린 계집아이들이 바퀴 달린 미끄럼틀을 타며 놀고, 낯선 영감 앞으로 휙휙 지나다니며 재롱을 부리고 기성을 지른다. 투명한 채광창으로 산뜻하게 솟은 박물관은 에스파냐 건축가가 지은 것인데 싱거운 포스트모던 작품이다. 우리나라에서 속속 올라가고 있는 유리상자형 건물이니 참신함도 덜하다. 아마 거대한 어항 같은 인상을 염두에 두지 않았을까? 오염으로 혼탁한 바다보다 투명한 바다로 초대하겠다고…. 무지막지하게 통유리를 벽으로 삼은 건물일수록 으리으리하다. 일조량이 풍부한 우리나라 기후에서 유리 건물의 온실효과는 지독하다. 건물 짓는 사람들만 모른 척한다. 그 뜨거운 열기를 식히느라고 에어컨을 돌리고, 한증막 같은 대도시의 건물은 더위와 비릿한 땀을 즐기는 온갖 잡균이 반색해 마지않을 파티장이다. 한낮에도 형광등과 텅스텐과 백열등을 한꺼번에 밝히고, 게다가 뜨거운 주방의 열기에 에어컨까지 틀어대는 무심한 패스트푸드 가게와 비슷하다. 그 속에서 투명한 타일과 알루미늄 새시와 플라스틱이 뿜어내는 번지르르한 광채는 미지근한 한기와 썰렁한 열기의 이중창이다.

안으로 들어서자마자 축소판 범선 '산타 마리아' 호가 돛을 올리고 있다. 첫인상으로서 실망스럽다. 에스파냐, 세비아에 있는 것과 단번에 비교되기 때문이다. 크기가 어중간해 아예 작으니만 못하다. 그렇다고 올라탈 수 있는 것도 아니고. 매장은 넓고 번듯하다. 간절히 기념으로 삼고 간직하고 싶을 만한 것은 점점 보기 어렵다. 그저 의례적인 선물들의 나열이다. 이런 것은 알프스 이북의 나라에서 방문객을 위해 별도로 정성껏 마련한 기념품을 볼 수 있는 것과 다르다. 국립이든 공립이든 기념품 매장의 상품과 그 포장 수준은 천차만

해양 박물관

별이다. 박물관 전시물 못지않게 작은 기념품이 그 박물관과 그 도시, 그 마을을 더 뚜렷이 기억하고 호감을 간직하게도 한다. 사람들은 입장료는 쉽게 잊어도 선물 값은 녹록히 잊지는 않는다. 최대한 생색을 내야 할 테니까!

우선 특별전이 열리는 곳으로 직행했다. 그곳에서 설문지와 함께 이탈리아 왕국 비토리오 에마누엘레 3세가 발행한 '파사포르토'를 받았다. 22784번 여권이다. 높은 계단으로 밀폐된 마루 선창에 올라섰다. 해는 저물어가고, 회색 포대자루들이 여기저기 뒹굴고 그 사이에 긴 나무의자가 구석을 지킨다. 승선을 위해 줄을 선다. 가건물 창 안쪽에서 세관원이 여권을 요구한다. 나는 보자기로 머리를 싼 아주머니들 뒤에 섰다가 차례가 되어 여권을 내밀었다. 여권이 좁은 창틈으로 초소 안으로 들어가자 세관원이 힐끔 쳐다보았다. 인천에서도, 암스테르담이나 그 어디에서도 똑같은, 감탄할 만큼 무표정한 시선! 사실 세관원은 실물이 아니다. 전자화면 속의 허구적(디지털 영상) 인물이다. 하지만 실감나는 동작으로 쿵 하고 도장을 찍고 나서, 여권을 다시 창구 틈바구니로 되돌려준다. 현실과 허구가 절묘하게 뒤섞인 순간이다.

그다음에는 검은 제복의 사내들 앞에서 정신 감정을 받는다. 복장만 다르지 부활한 종교 재판관처럼 살벌한 표정이다. 영상일 뿐인데도 제복 입은 사람들 앞에서 반사적으로 움찔하고야 만다. 이렇게 나는 시뮬레이션 통관 절차를 마치고 대서양을 건너는 증기선으로 배

해양 박물관

다리의 굵은 밧줄을 잡아당기며 선상에 올랐다.

때는 1922년 9월 20일이다. 이탈리아 해운사의 증기선 줄리오 체사레 호. 나폴리에서 출항해 제노바를 거쳐 뉴욕까지 운항한다. 티켓 번호 05801번, 3등칸이다.

그렇게 올라가 갑판으로 나가기 전에 우선 선실로 들어갔다. 위아래 이층 침대칸이다. 가방을 내려놓고 나니 절로 한숨이 나온다. 옆에 뚫린 둥근 창밖으로 오로라처럼 타오르는 석류빛 파도가 뱃고동 소리와 함께 들썩댄다. 이 안에서 몇 주를 버티고 나면 나는 이민들과 함께 신대륙 앨리스 섬에 도착하겠지. 전염병이 돌거나 식중독에 걸리거나 배앓이를 하지 않는다면 나는 무사히 검역소를 통과해서 또다시 제복 입은 사람들의 심문을 받고 섬 안의 이민 수용소로 입소하겠지. 항해하는 동안 나는 카페에서 차를 마시거나 이발소에 들러 수염을 다듬거나 아니면, 휴게실에서 잡지를 들추거나 장기를 둘 수 있을 테고. 좋은 친구를 만나 갑판 구석에서 쪼그린 채 목을 축일 수 있지 않을까? 이보다 운이 좋다면 아름다운 처녀나 부인과 뱃고물 쪽으로 나아가 멀어지는 땅을 바라보면서 아쉽고 착잡하지만, 새로운 삶에 대한 기대로 서로 위로하며 안아줄 것이다. 아니면 못된 인간을 만나 새 땅에 도착하기도 전에 빈털터리가 되지 말라는 법도 없겠지.

바람이 차고 출출하기도 해서 식당으로 가본다. 식탁에는 함석 양동이와 군용 잔과 냄비, 국그릇에 빵 몇 조각과 치즈 덩어리뿐이다.

마침내 나는 신세계에 도착해 전시장을 빠져나온다. 이민들이 도착하는 그 앨리스 섬을 찍은 루이스 하인의 사진과 「에덴의 동쪽」을 찍은 엘리아 카잔의 「아메리카 아메리카」라는 영화를 보고서 막연히 그려보던 대서양 횡단 이민의 한 사람이 되어보았다.

프랑스에서 만난 이탈리아 장인의 솜씨

마지막 이민 세대를 가상 체험으로 기념하지 않더라도 이탈리아 사람들은 오래전부터 해외로 떠나곤 했다. 제노바는 터키와 지중해 동쪽과 남쪽으로 줄곧 식민지를 개척하면서 주민과 상인을 보냈다. 유대인을 비롯해 그쪽 사람들도 받아들였다. 그렇게 역동적인 교류의 중심지였다. 뿐만 아니라 근대 수 세기 동안 유능하고 뛰어난 장인, 예술가들을 유럽 전역에 보내 이탈리아 문화를 심었다. 서쪽의 퐁텐블로로부터 동쪽의 프라하까지 이탈리아 명장들의 손발이 닿지 않은 훌륭한 도시가 몇이나 될까. 그래서 헨리 제임스 같은 영국 소설가는 "프랑스는 이탈리아 복제판"이라고 서슴없이 말했던 것이고.

이 박물관 이름은 '무제오 델 마레'로 해양 박물관이지만 항해의 역사에 바친 박물관이다. 물론 이 대항해 시대는 중국과 북유럽 등 다른 것을 포함하지 않았다. 제노바를 중심으로 다룬다. 박물관은 2002년 유럽연합이 제노바를 '문화 수도의 해'에 지정한 때에 맞춰

개관했다. 17세기의 번창하던 정박소 선박 수리창이 있던 자리다. 내륙을 깊이 파고든 더할 나위 없는 천연 요새 항만 덕분일까. 그 선창에 기대선 이 박물관에서 바다를 보거나 즐길 공간이 없다는 것은 대단한 배짱이다. 박물관은 새 건물 속에 완전히 몰입되어 연안에 붙어 있는 장점을 도외시했다. 그러니 함부르크나 암스테르담의 바다 위에서 출렁이며, 너른 바다와 함께 즐기는 해양박물관을 이미 다녀온 사람이 보기에는 답답하겠다.

박물관 자체는 중세에서 현대까지 항해를 체험하면서 하나의 여로를 따라가는 식으로 구상했다. 아래층에 전시된 갑옷과 투구와 창검은 잠시 숨을 돌리게 한다. 그림으로 그린 선창船窓에 얼굴을 들이밀고서 사진을 찍을 수 있는 놀이터로 꾸며 전쟁의 살벌함은 없다. 콜럼버스의 초상도 걸려 있다. 콜럼버스 사후에 그를 기념하려고 증언을 토대로 그린 상상적 초상이다. 그의 초상을 보니 역사가 쥘 미슐레가 했던 말이 생각난다. 콜럼버스 이전에 고래잡이배들이 아메리카를 발견했던 사실을 강조했던….

"누가 인간에게 거대한 항로를 열어주었을까? 누가 해역과 길을 알려주고 폭로했을까? 고래와 포경선과 그 어부들이다. 이들은 일찍이 어부들이 발견했던 것을 법석을 떨며 되찾으면서, 모든 영광을 싹쓸이한 콜럼버스, 또 황금을 찾던 사람들보다 훨씬 앞서 있었다.
우리가 그토록 기념하는 15세기 대서양 횡단로는 아이슬란드에서 그린란드 사이의 좁은 해협으로 통했다. 심지어 바스크 족도 신대륙까지

갔으므로 넓은 바다로 통행하기도 했다. 이 횡단해로가 이 세상 끝으로 지극히 위험한, 고래와 사투를 벌이러 놈을 찾아다니던 사람들에게 가장 덜 위험했다. 북해 속으로 들어가 한밤중에 살아 있는 산 같은 고래와 육탄전을 벌이고, 또 그 고래 등에 올라타 심연의 소용돌이 속에서 허우적대면서도 이 사람들은 바다의 일상적인 사건에 놀랍도록 태연했다. (…)

우리는 고래에 큰 빚을 지고 있다. 고래가 없으면 어부들은 연안에서 죽쳤을 것이다. 거의 모든 물고기는 그 근처에 있기 때문이다. 바로 고래가 그곳을 벗어나게 했고 어디로나 끌어냈다. 이렇게 어부들은 항상 고래를 따라 넓은 곳으로, 아주 멀리까지 점점 더 나아갔고, 자신들도 모르는 사이에 한 세계에서 또다른 세계로 건너가기도 했다.”

미슐레가 이런 말을 했다고 콜럼버스의 정치적 결단력까지 폄하하지는 않는다. 아무튼 그의 영광 이후로 이전의 역사가 흐려지고 왜곡되니 유감이라는 말이다.

대항해 시대의 범선과 호화 여객선들

다음 2층은 돛배, 범선의 세상이다. 대항해 시대의 주역이다. 그 모형과 제작과정을 볼 수 있고, 케이프 혼의 비장한 영상과 음향을 들으면서 태평양을 찾아 세계 항로를 개척했던 바스코 다 가마의 가

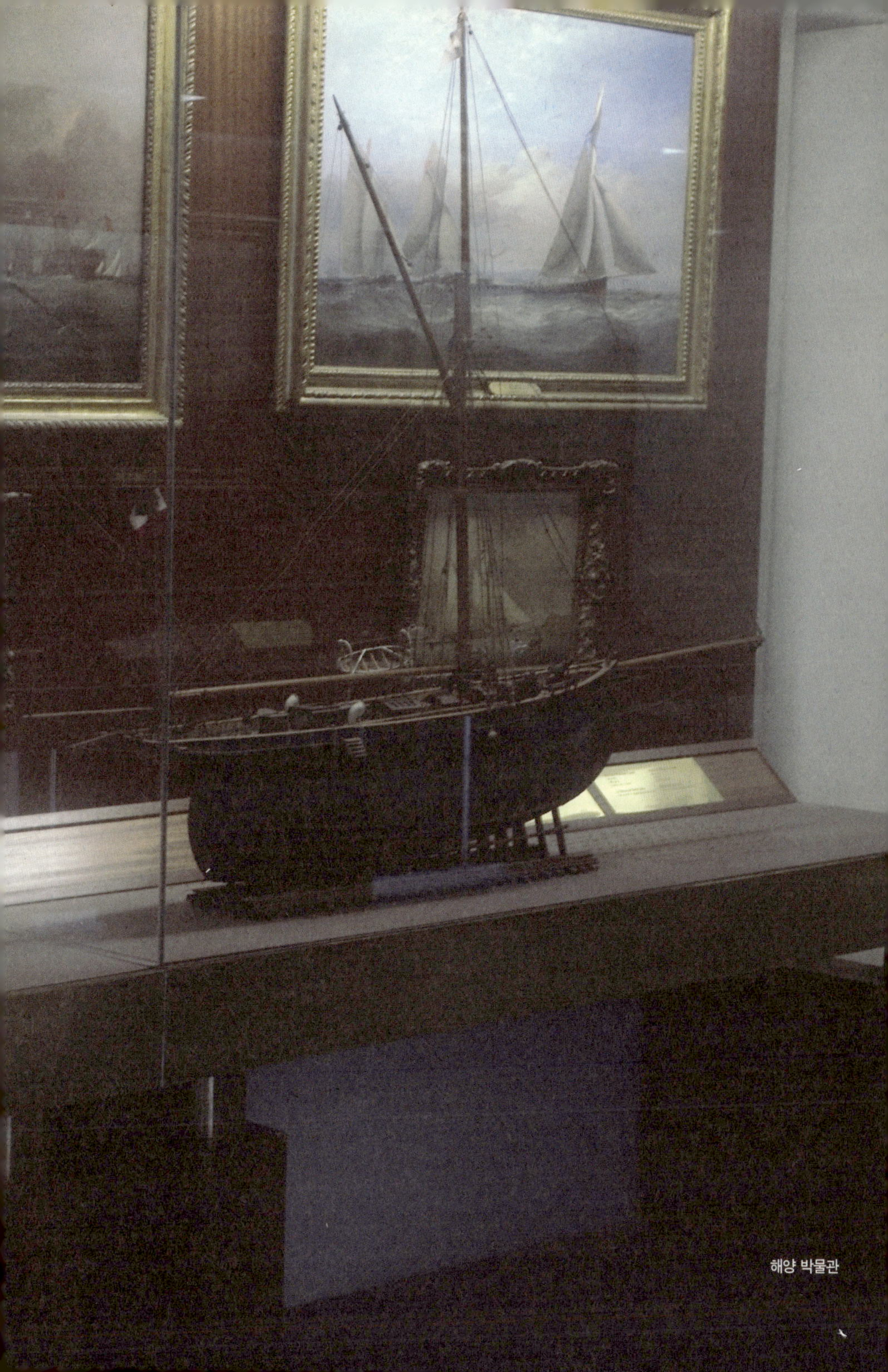
해양 박물관

혹한 시련을 추체험할 수 있다. 3층은 대서양 횡단 호화 여객선 시대, '지브롤터에서 뉴욕까지', 또 타이타닉 호의 최후를 보여주는 영상물을 상영한다. 밀랍인형으로 재현된 남녀는 다시 한 번 안타까운 사연을 들려준다. 그렇지만 모형 선박들은 장식 효과에 그친다. 동영상으로 노호하는 난바다도 실감에 크게 못 미친다. 비바람에 옷자락이 젖지도 않고 머리카락을 쓸어내릴 일도, 속이 뒤집힐 일도 없다. 최근에 많은 박물관에서 세 폭짜리 스크린에 영상물을 편집해 보여주고 있지만 관객들을 별로 붙잡아두지 못한다. 관객은 이미 집 안에서 홈시어터의 재미로 편안히 즐기고 있고, 극영화도 그렇다고 기록영화도 아닌 '몽타주'에 시큰둥해한다.

그래도 박물관의 야심적 소장품은 있다. 아래층에 3년에 걸쳐 개수해 복원한 17세기 제노바 범선 '라 갈레아'다. 길이는 40미터이며 16가지 목재를 썼다. 돛과 노를 두루 이용하던 범선으로 병선과 무역선을 겸했다. 선원이 250명까지 탑승할 수 있다. 26열의 이중의 벤치에서 쇠사슬에 묶인 노예들이 노를 저으며 죽어갔다. 해적들의 공격을 피해 달아날 때는 노를 저어 속도를 올렸고. 주로 귀중품, 은과 비단, 향료를 운반하던 배였다. 난파에서 살아남은 귀중품, 랜턴, 무기 등도 함께 공개되었다. 뱃머리에서 무사 항해를 기원하던 여신상도 말짱했다.

그 복원 작업은 제노바 공과대학 도서관에 보관 중이던 선박 교범이 지침이 되었다. 그러나 그 실제 작업은 벨기에에 맡겼다. 그곳에서 복원 작업을 마치고 이곳으로 운반했다. 그래서 선원들이나 목

해양 박물관

수, 선창 속의 재현물이 벨기에에서 보았던 것과 같다. 자부심이 대단한 이탈리아 해양 세력의 옛 본거지에서 벨기에 사람들에게 이런 것을 맡겼다. 이탈리아인들이 장화 신은 고양이 같은 화려한 전통 인형을 만들며 느긋해 있을 때, 플랑드르인들은 일하는 사람의 투박한 실물대 마네킹을 만들었다. 그들에게는 식당 앞에 세워두는 익살맞은 주방장을 만들던 전통이 있었다. 그것이 최근에 빛을 보고 있다. 중세 말에 유화를 이탈리아에 전수하고도, 촌스러운 것이나 그린다며 무시 받았던 사람들인데… 벨기에 마네킹 전문가들은 오스트리아, 에스파냐, 프랑스 등 도처의 박물관에서 들어오는 주문을 소화하고 있다.

17세기의 아늑한 항구도시 제노바의 번영

아무튼 이 제노바는 17세기 무렵 얼마나 번창했을까? 그 세기에 제노바는 지중해에서 가장 아늑한 만을 끼고 있는 공화국이었다. 기원전 무렵부터 이탈리아는 기술과 예술에서 최고급 인력을 수출했고 정치적 혼란기로 접어들던 17세기 들어 더 많이 해외로 나갔다. 그들은 서유럽 각지의 의식주에 이탈리아 취미를 심었다. 유럽 전역에 르네상스가 매너리즘이라는 소리를 듣게 할 정도로 그것을 보편화했고, 또 새롭게 발전시킨 바로크 예술을 퍼트렸다.

프랑스는 루브르궁조차 로마의 천재 베르니니를 초대해서 그에게 맡기려 했다. 국내파의 반대로 무산되기는 했지만. 프랑스에서는 "멋지십니다, 우아하시군요" 하는 표현도 이탈리아어로 "모르비테차"라고 해야 교양 없는 사람은 아니라는 소리를 들었다. 런던과 빈에서는 불어로 말하고, 파리에서는 이탈리아어를 말하는, 요즘 우리가 오렌지를 '어린쥐' 라고 발음할 줄 알아야 교양 있는 줄 아는 그런 사람들은 어느 시대에나 늘 있는 법이다. 그래도 이런 이국취미에는 어느 정도 다른 나라에 대한 존경과 선망이 없지 않다. 또 악의적인 것은 아니기에 반드시 속물 취미로 몰아세울 필요는 없다. 혹시 다른 나라에서 한국어로 이야기해야 교양 있는 사람이라고 할 날이 올지도 모르니까.

지금 이탈리아는 피자, 파스타, 모데나 식초, 피렌체 올리브유, 산조베제 포도주로 우리 입맛까지 사로잡고 있지만, 이것은 시작일 뿐 나폴리와 시칠리아 등 그 먹거리의 진수가 들어올 때까지 또 얼마나 기다려야 할지 알 수 없다.

이렇게 번창한 원인은 수두룩하다. 하지만 대체로 제노바가 그 세기 전반부에 번창한 것은 프랑스를 비롯한 알프스 이북 나라들과의 교역 외에, 오리엔트 교역과 아프리카에서 노예를 붙잡아다 수출한 덕이었다. 그렇게 조선업이 활황이었다. 거울이나 성모상 같은 조잡한 물건을 아프리카 서부 해안 지방으로 내다팔고, 흑인을 붙잡아다 아메리카에 팔았다. 그런데 박물관이야말로 국제적 이해관계에 예민할 수밖에 없는 언론과 다르게 이런 해양교류사를 솔직하게 조명

할 만한 자리인데, 이 핵심에 대한 조명은 매우 인색하다. 그냥 모른 척하기는 뭣하고, 슬쩍 그런 유감스런 일이 있었다네… 하고 지나치다니!

그 무렵에 또 가톨릭 반종교개혁의 여파로 대륙을 광신의 불길에 휩싸이게 했던 기나긴 종교전쟁이 벌어지면서 개신교도 등 많은 사람이 신세계로 대거 이주했다. 이때 유대인과 개신교가 크게 기여하던 공예, 가내수공업 분야에 큰 지형적인 변화가 있었다. 그것을 만회하려는 정책도 나왔다. 이런 종교적 박해와 종교재판의 광기와 폭력을 역사와 문학에 비해 대중과 접촉이 훨씬 빈번한 박물관에서 외면하는 태도는 비판받을 만하다.

그들은 아프리카가 전해준 자연의 양식과 훌륭한 혈통과 찬란한 문명에 대해 왜 침묵으로 일관할까? 옛날에 그 남쪽 바다를 건너 모든 것이 들어왔다는 것을 다 잊고 이제 자신들이 알프스 이북에 모든 것을 전했다는 자부심만 기억하고 싶어서일까.

고대사는 어느 나라 어느 지역에서든 오해도, 금기도 많다. 과거 기원전 260년경까지 월등히 우수하던 카르타고(튀니지) 해군이 로마 해군을 얼마나 깔보았던가. "우리 허락 없이 로마 애들이 바닷물에 손도 담그지 못할걸"이라고 비아냥거렸다는 전설이 있다. 훗날에 해군력을 증강하고 나서야 로마는 카르타고 함대를 무찌를 수 있었다. 카이우스 두일리우스 장군이 '가마우지'라는 이름으로 개발한 신무기로, 적의 배에 날려 거는 일종의 쇠갈고리가 승리를 이끈 '물건'이었다.

　　17세기의 후반 노예들이 설탕과 담배와 맞교환되어 유럽에서 그 소비가 폭증하던 시절, 또 동양의 도자기, 커피, 비단 향신료 등 풍부한 물자를 싣고 연안을 항해하던 시절에 출몰했던 해적도 골칫거리였다. 해골 깃발을 휘날리며 해적선은 중화기로 무장했다. 요즘 아프리카 동부 연안의 골칫거리와 매한가지다. 상선들을 노린 해적선은 멀리 북해, 브르타뉴의 영불해협에서도 위세를 떨쳤다.

　　우리는 몇 해 뒤에 열릴 여수 만국박람회를 준비하고 있다. 바다와 연안이 주제인데, 이곳 박물관에 관계 인사와 전문가들이 다녀갔을 만큼 큰 관심을 쏟았다. 그런데 우리는 물건이 없다. 옛 선박, 세계적 자랑거리라는 독창적인 거북선은 물론이고, 흔한 판옥선 하나, 옛 거룻배 하나 남지 않았다. 여러 해 전 어떤 해군 장교는 한려수도 뻘에서 특수부대를 동원해 임진왜란 당시의 총포를 건졌다고 호들갑을 떨었던 일도 있었다. 결국 사기 행각임이 드러나 물의를 일으켰다.

　　우리는 목포의 해양 박물관을 제외한다면 변변한 유물이 없다. 그 넓은 박람회장을 무엇으로 채워야 할지, 역사를 제외한 채 다시 한바탕 영상쇼나 벌이지는 않아야 할 텐데….

도자 박물관

식욕을 돋우는 그릇

도자 박물관, 파엔차, 이탈리아

곧장 뻗은 대로를 따라 박물관을 찾아가는 길에 별안간 중세의 행차가 나타났다. 예고편도 없었는데…. 기수와 고수鼓手, 풍각쟁이, 시퍼렇게 날선 도끼를 앞세운 도형수들이 모자부터 각반, 신발과 장갑까지 모두 검붉고 흰 옷차림을 한 채 대낮을 뜨겁게 달구며 줄을 이었다. 그 뒤로 휘황한 선홍빛 망토에 긴 장검을 찬 군주가 검정말을 타고, 그 곁에 백옥의 드레스를 걸친 공주인지 공녀인지는 백마 고삐를 잡고 있다.

시내 다섯 동네 기사들이 경주하는 '팔리오 델 니발로' 라는 마상겨루기가 열리는 날이었다. 내가 본 것은 르네상스식 축연과 격투가 열릴 운동장으로 향하는 이 동네 패들이었다.

박물관은 가로수가 우거진 대로변에 화단을 두르고 있었다. 그 화

파엔차 축제

단에 현대 도예작품을 늘어놓았다. 정문도 도자편을 붙였고 벽면은 담쟁이로 덮었다. 북유럽에서나 보는 커다란 질그릇 항아리 하나와 느티나무 한 그루가 마당을 꽉 채우고, 현장을 방문한 단체 관람객들이 해설자의 안내로 설명을 듣고 있었다.

박물관은 1908년에 개관했다. 이제 100년이 넘었다. 과거 수도원 건물에서 토리첼리라는 선교사 300주기를 추념하는 국제전을 계기로 도자기 컬렉션을 시작하면서부터다. 본격적인 국제 수준으로 도약하기는 1926년부터. 창설자는 가에타노 발라르디니. 그 뒤로 차츰 기증도 받고 공식적인 수집도 하면서 몸집을 불렸다. 이곳에서 개최하는 '현대 도자 비엔날레'는 세계적 권위를 인정받는다.

건물은 완전히 현대적으로 개조했다. 아래층 로비는 벽을 털어내고 볕이 드는 유리창으로 막았다. 기념품과 서점을 겸하는 매장 진열창에 들어 있는 물건 가운데 이 도시에서 유명한 경주용 자동차 선수들이 쓰는 창 넓은 모자를 집어들어 보았다. '메이드 인 차이나'. 이 탈리아 문구로 반짝이를 붙인 이 검은 모자는 누가 봐도 이탈리아 것으로 여길 만하다.

어디까지 중국 제품이 침투할까. 질 좋은 이탈리아 원단에 독일 이름의 상표가 붙는 것처럼, 물건들도 방대한 혼혈과 위장과 합종연횡으로 제 살 길을 찾는다.

초상사진을 복제해 넣은 메달

위층부터 시작되는 전시실로 올라갔다. 의자에 앉아 있다 일어서 반기는 사람은 허리가 구부정한 노파다. 내가 모시고 안내하는 편이 더 나을 듯싶다. 자원봉사 하는 분이다.

낭하 한쪽으로 각각의 칸으로 분리된 방마다 물건을 진열했다. 토산 파엔차 도기들이 첫 번째 낭하와 방들을 채우고 있다. 화분, 갖은 용도의 병, 그을음을 거의 남기지 않은 등잔, 기기묘묘한 형태의 항아리. 초상사진을 복제해 넣은 대중취미의 큰 메달들은 다른 곳에서 보기 힘든 것들이다. 이 소장품들이 독창적일 듯하다. 지난 세기에 사진을 종이가 아닌 다양한 재료에 인쇄한 장식품 제작은 이탈리아에서 널리 퍼졌다. 묘비에 둥글게 사진 초상을 새기거나, 찻잔에도, 음악 소리가 울리는 보석함 뚜껑 안쪽에도 사랑하는 사람의 초상을 간직했다.

파엔차는 유럽에서 가장 이르게, 16세기부터 도기를 제작하고 수출했다. 그 명장들이 여러 나라, 특히 프랑스에 이것을 전수했다. 콘라드 형제는 프랑스 중부 느베르로 가서 그곳 공방을 프랑스 최고의 공방으로 키우는 데 바탕을 다졌다. 나는 이곳을 오기 전에 느베르를 찾아가 그 점을 확인했다. 그렇지만 최근에는 쇠퇴했다. 느베르와 물랭 등 파리에서 가까운 편인 중부 지방의 옛 고도들은 전통 산업이 식어버린 뒤로 새로운 산업을 일으키지 못하고, 관광도 변변치 않고

느베르의 파엔차 도기 거리

FAÏENCE
D'ART
D'ART
NCE D'ART FONDÉE EN 1648

도자 박물관

인구마저 줄고 있어 고심하고 있다. 나폴레옹 집권 이후로 프랑스에서 도자기는 중서부 리모주와 파리 근교 세브르 공방으로 중심이 이동했다.

파엔차 도기는 '파양스'라는 불어식 이름으로 더 유명하다. 파엔차 도기는 산화주석이 첨가된 불투명한 유약을 기포가 많은 점토 초벌에 굽는 기법이다. 누런색과 코발트빛 청색의 조화 사이로 간간히 푸르고 검은 선묘로 멋을 낸 그림이 그릇의 형태보다 더 두드러진다. 이 기법은 흰 바탕에 선명한 색상을 낼 수 있어 그림을 그려 넣기에 적합했다. 그래서 애당초 유럽에 널리 퍼질 때부터 성서와 신화 주제가 폭넓게 채택되었다. 또 흰 바탕을 그대로 남겨두면서, 산뜻한 청황색 장식 모티프를 덧붙인다.

신화의 주제는 항상 "사람들이 자기가 속한 시대에 인간을 어떤 모습으로 보고 생각했는지"를 잘 보여준다. 가장 때 이른 도기 그림에서도 중세인들이 아직도 명쾌하게 풀지 못하는 우리 인류의 조상에 대한 기억으로서 '유인원'의 상상을 풀어낸다. 인간원숭이, 인간과 동물이 분화되지 않은 듯이 개와 곰, 사슴과 염소의 뿔과 머리와 다리가 인체의 일부가 된 모습이다. 접시에 그려진 생명의 기원과 탄생에 대한 변화무쌍한 상상을 하면서 입맛을 다시곤 했을까? 반인반수처럼, 아름다운 달과 숲의 요정들에 덤벼드는 정력적인 괴물들의 지칠 줄 모르는 갖은 욕망이 애저를 담아냈을 큰 쟁반을 비롯해 모든 그릇에 넘친다.

그다음 방에서 프랑스 '리모주' 도자기는 파엔차 도기처럼 신화를 그려 넣지 않았다. 소박한 전통 복장을 한 농촌의 목동이 숲속의 목신牧神을 대신한다. 만찬의 식탁보다 조촐한 아침의 국물에 어울리는 그림이다. 하지만 그 자기는 화려하다. 리모주는 18세기에 처음으로 그 부근에서 백토, 세계 최고의 품질을 자랑하는 우리네 고령토와 같은 것을 발견하고부터 일취월장했다. 또 그 당시 서유럽 도공들은 일본의 '카케에몬' 일가에서 시작된 작품을 한국 도자기로 착각하여 모방했다. 지금까지도 유럽인은 이 일본 양식을 '한국 장식' 이라고 부른다. 그만큼 우리 도자는 신비의 전설을 남겼다.

백자 앞에서 넋을 놓는 서양인들

문화와 역사 도시로 공인되고, '불의 예술' 로 타오르는 도시라는 별명까지 얻은 리모주는 특히 로마 제국 식민지 시대부터 풍부한 금속 광산자원을 바탕으로 법랑과 색유리창 기술을 발전시킨 진정한 중심지였다. 게다가 모든 장인의 수호신으로 추앙받는, 금은세공과 주화 주조를 크게 일으켰던 가톨릭 주교 성 엘리기우스의 고향이다. 이런 역사가 있기에 우리 자기瓷器에 대한 취미는 프랑스 외교관이나 교양 있는 사람들 사이에서 여전하다. 그래서 바쿠스의 후예들은 고려청자나 아니면 조선 백자의 흰 바탕에 검붉게 터질 듯 영근 포도송이무늬 항아리 앞에서 샘이 나서 어쩔 줄 몰라 하곤 한다. 우리 전통

가구의 사정과 비슷하다. 다루기 까다로운 여러 목재의 섬세한 짜맞추기야 말할 나위도 없고, 황동과 백동으로 벌 나비와 화조花鳥를 피우고 날리며, 물가에 정자를 세우는, 그 느긋한 풍경을 아로새긴 이 불장 위에 백자 술병 한 점을 올려놓았을 때를 생각해본다. 이런 완벽한 조화, 눈과 마음을 한꺼번에 홀리면서 그윽한 도취로 끌어들이는 물건을 어디에서 찾아볼 것인지. 일본 것은 아기자기하고 중국 것은 화려하지만, 우리 것의 형언하기 어려운 절제와 마무리, 그 깊은 맛에 모두들 감탄에 감탄을 거듭하곤 한다.

세브르는 왕립요업소에서 제국요업소로 그 뒤에는 국립요업소로 간판을 바꾸기는 했지만, 금테두리 속에 사실적인 사건과 풍경을 에나멜, 법랑으로 그려 넣은 것은 세련의 극치를 보여준다. 세브르 도자기는 영국과 네덜란드 이북의 비교적 소박한 도자기들과 다르게 귀금속을 화려하게 가미했다. 벨기에 공방으로 지금까지도 잘나가는 '빌루아 에 보스' (우리도 즐겨 사용하는)도 이런 전통을 이어받았다. 재질을 강화한 영국 제품과 취미가 판이하다.

그런데 반투명한 순백색의 백토자기는 형태와 장식이 엎치락뒤치락한다. 즉 언제 어느 곳에서나, 그릇의 형태를 중시할 때는 테두리나 그 그릇 안에 집어넣는 무늬 장식을 무시하는 편이다. 그러다가도 그 반대로 장식을 중시할 때는 형태를 가벼이 여겼다. 그렇지만 어느 한쪽으로 무게가 기울었을 뿐 두 요소의 조화는 필수적이다.

추상적이며 자유롭게 어디에 쓸 것인지 알 수 없는 현대 도자작품은 주로 고온소성(점토와 장식을 같은 시간과 같은 온도에서 굽는 방식) 기법을 보여준다. 가마 속에서 불길이 그려내는 응어리가 얽히고 터지고 하는 추상 효과를 즐긴다. 마티스, 피카소, 레제 등 거장들이 만년에 즐겨 빚었던 굉장히 엉뚱한 그릇과 항아리들이 즐비하다. 생명의 불이 점점 꺼져가는 줄 알게 된 나이여서 더욱 '불의 예술'에서 예술과 삶의 불꽃을 지키고 싶어했기 때문일까?

불의 예술은 원시시대부터 지극히 환상적으로 보였을 것이다. 날름대고, 붉고 파란 화염으로 타오르며 불길이 뜨겁게 익혀낸 접시 그림들은 그 불길을 견뎌낸 만큼이나 환상에 실감을 불어넣고 싶어하지 않았을까. 하지만 왕의 행차 같은 역사적 사실을 그린 것은 싱겁다. 타오르는 것은 역시 변덕스러운 사람의 감정을 그린 장면이다.

그러니 도공이 원시적 의례나 제사를 떠받드는 것은 우연한 일은 아닐 것 같다. 불을 숭배하는 이 사람들의 이야기가 곧 불처럼 뜨겁다. 그것을 빚고 그림을 그리던 도공은 어떤 공상에 들떠 붓을 휘둘렀을까. 그들도 몽테뉴처럼 자신을 "세상에서 나처럼 신기하고 괴상망측한 족속을 본 적이 없다"고 생각했을까.

포스트모던-반가움과 우려

테라코타부터 여러 다르게 굽는 방식과 재료를 혼용하는 포스트모던 작품들은 재료의 이질감을 꾀하면서 파격적인 표현을 모색하고 있다. 이런 작품들은 전 세계의 것을 맛보고 즐기다보니 감당하기 어려울 만큼 산만해진 우리의 감각과 감수성을 솔직히 폭로하는 셈이다. 그 과욕을 감당하며 작가가 이렇게 다양하고 새로운 것을 찾아 헤매고 있을 때 관객이 그 풍성한 식탁에서 무엇을 먹어야 할지 망설이다 보면, 자신의 입맛에 어울리는 것을 찾지도 못한 채 어느새 음식은 식어빠지게 된다.

모색하고 실험하는 용기는 가상하다. 그런데 그것이 어디에서부터 만용이 될까. 주체하기 어려운 열정과 상상력을 다스려야 할 텐데…. 이것이 미지근하지 않은 사람의 고민이다. 이런 고민이 부족한 사람의 실험은 상투적인 모방에 곧잘 빠진다. 그래도 흙과 유약으로 무언가 우리 내면에서 형태도 알 수 없고, 만질 수도 볼 수도 없는 것을 끌어내려는 작가들의 고뇌와 노력은 애틋하다.

순수하게 음미하기에는 터진 구멍도, 껄끄러운 재질도, 매끈한 부분도, 이를테면 신기하게 축소된 수석壽石 취미처럼 관상용으로 제격이다. 어쨌든 물동이든 그릇이든 술잔이든, 식욕을 돋우고 입맛을 다시게 하는 것이 제일이다. 이렇게 훌륭한 그릇과 잔을 보고 나니 너무 출출했다. 파엔차 접시에 요리를 내는 식당이 있으려나? 식당을 또 얼마나 찾아 헤매야 할까. 피자나 케밥집뿐일 텐데.

만토바 중심가

명장의 궁전

두칼레 궁 박물관, 만토바, 이탈리아

오랜만에 다시 찾은 만토바에 도착하자마자 실수를 저질렀다. 기억을 과신한 나머지 호텔 위치를 잘못 알고서도 지도 한번 다시 펴보지 않았다. 역 앞에서 택시 트렁크를 열고 가방을 들어올리는 운전사에게 '돈 레오나' 거리의 호텔로 가자고 하니 불쑥 가방을 내려놓고 웃으며 손가락으로 맞은편을 가리켰다. 바로 거기라고!

만토바 교통은 편리해졌다. 밀라노에서 베로나를 거쳐 오는 번거로움 대신 직행 열차가 다닌다. 열차는 옛 시인, 베르길리우스의 고향 포 강 유역을 지난다. 그가 노래했던 전원은 옥수수밭이 가로막고 있지만, 그래도 먼 마을에서 작은 종탑만 빼고 본다면 2000여 년이 지난 지금도 달라지지 않았을 것만 같다. 서구에서 이 시인의 영향을 받지 않은 문인이 있기는 할까? 그의 노래가 곧 이탈리아 건국 신화인 데다 문명의 시작을 알리는 신호였으니.

카스텔로 디 산 조르조 광장

광장과 거리는 활기에 넘쳤다. 산 로렌초 종탑 밑 광장에서 기념촬영을 하는 신혼부부를 따라 몰려든 군중. 또 그 뒷골목에서 루돌프 사슴코를 붙인 거리의 광대가 원숭이와 함께 이죽거리며 가족들을 붙잡아두었다.

카스텔로 디 산 조르조 궁은 어지간히 깨끗해졌다. 그 광장은 널찍하게 비스듬히 기울어, 우묵한 접시 같은 시에나 광장만큼 기이하지 않다. 하지만 사방을 15세기에 지은 건물들이 둘러싸고 있다. 궁 안은 다 허물어질 듯 방치되고, 난방도 부족하고 지키는 사람도 없던 때가 아니다. 궁과 성의 복합체인 건물 자체가 빼어난 작품인 이곳에서 방마다 사람이 지키고, 응접실에 의자와 집기와 에스프레소 자판기도 갖추었다. 3층 높이를 터버린 바닥층은 방대하고 기품이 넘치지만 왠지 썰렁하기만 했던 거실을 단 한 사람의 안내를 받으며 돌아다니던 때는 아니다. 피사넬로의 다 지워지다시피 한 희미한 벽화도 방에 온기가 넘치고 햇살이 들면서 그 윤곽이 다시금 살아나는 듯했다. 이런 변화는 유네스코 문화유산으로 지정되고 난 뒤의 일이다. 찾는 사람이 부쩍 늘었다.

사진 촬영 금지라니!

하지만 고약하게 달라진 것이 있다. 사진 촬영을 금지한다. 이런 문화유산에 초상권을 주장하는 것은 조금 지나친 처사 아닐까. 로마

카스텔로 디 산 조르조 궁

바티칸에서도 과민하게 촬영을 제지하곤 한다. 꼭 그렇게 해야 할까. 이런 유적을 찾는 사람들은 그 지역 주민에게 경제적으로 도움이 된다. 뿐만 아니라 각자 고향으로 돌아가 그 사진을 보고 또 보여주면서 그곳을 자연스레 알린다. 상당한 장비를 갖추고 요란하게 촬영하지 않는 한 상업적 목적으로 사용하기도 어렵다. 유네스코가 문화유산으로 지정한 것은 인류 공동의 자산으로 함께 즐기고 아끼며 소중히 간직하고 널리 알리자는 뜻이다. 유네스코는 지구촌 모든 사람이 직간접으로 참여한 기금으로 운영된다. 세계유산으로 지정되었다는 것은 그것이 우리 모두의 것이라고 공표한 것이다. 그래서 침체되고 외진 편이던 만토바에 관광객도 늘었고 형편도 나아졌다. 그런데 꼭 관리 당국이, 아니면 유네스코 측이 그 초상권을 독점할 이유가 있을까. 편협한 처사일 뿐이다. 결국 유네스코는 사라질 위기에 처하고 더욱 어려움이 많은 긴급한 인종과 언어와 풍속의 보호에 시의적절하게 투자하고 도움을 주기보다, 그 기구 운영에 참여하는 서구 몇몇 지역 유산의 평가절상이나 관광 수익 증대에 관여하는 것은 아닌지 의심스럽기도 하다. 이탈리아에 이미 이런 유산이 좀 많은가. 우리나라처럼 난개발 중이고 국민들 자신이 그 가치를 못 알아보고 심지어 마을 전체를 싹쓸이해가며 자발적 파괴를 서슴지 않는 나라 같은 곳에서 황당하게 사라지는 유산을 지킬 수 있도록 그 유네스코의 권위를 내세워서라도 당장 보호조치를 취해야 할 곳은 또 얼마나 많은데! 고작 멀리서 온 관광객이 모처럼 추억을 새기려는 것을 막아서 뭘 어쩌겠다는 말인지. 사람들이 기념 촬영하려고 터트리는 카메라

플래시라야 그 건물 벽화든 돌의 색이든 무슨 영향을 준다고 호들갑일까. 아마 그런 불빛으로는 억겁의 세월을 비춘다 해도 먼지 한 톨 바래게 하지 못할 텐데….

문화, 스포츠 분야의 국제기구들은 이제 너무 덩치도 크고 힘도 세서 각 나라, 각 기업의 이해관계에 개입하는 제국주의 취미로 불순해진 지 너무 오래되었다. 게다가 이제 돌이킬 수 없을 만큼 국제대회를 금전 가치로 환산하고 환호하면서, 어떻게 하면 살던 사람 쫓아내고, 환경을 파괴하고, 경기장 공사를 따내고, 대회 한번 치러 잇속을 챙겨볼까 하는 사람들이 그런 국제기구에 징그럽게 '러브콜'을 보내는 구애의 몸짓을 기다리는 재미에 빠져 있는 것 같다.

부부의 방, 사랑의 감흥

괘씸한 생각이 들어 그냥 갈까 하다가, 그래도 무엇이 그렇게나 더 달라졌는지 확인이나 하자는 심정으로 안으로 들어갔다. 각 건물 동은 층을 서로 방향을 비틀고 높이를 달리해 안뜰을 제외하면, 뒤로 '라고 디 메초內海'라고 부르는 호수 쪽으로 전망을 확보했다. 그 속에서 각 동은 은밀한 통로로 이어진다. 봉쇄되고 비좁고 경사진 통로를 중간 중간 거쳐야 한다. 또 안뜰로 빠져나가면 정방형 주랑과 나란히 펼쳐진 벽마다 그려진 우상들이 서 있다.

그 응접실과 아파트와 연회실을 거쳐 마침내 다시 좁은 통로를 한

구석에 숨은 쪽문 사이로 작은 방에 들어서면, 벽난로와 상벽에 만토
바 후작의 대가족 초상 사이로 다시 좁고 길쭉한 창틈으로 호수가 하
늘과 함께 푸르게 떠오른다. 반구형 지붕에는 천사들이 공작 한 마리
와 한복판에 뜬구름을 모른 체하면서 방 안을 기웃거리기도 하고 울
타리를 넘어 그 천상으로 뛰어들기도 한다. 우리는 우물 안에 빠져
하늘을 바라보는 꼴이다.

　라파엘로의 천사만큼 유명하지 않다고 하면 서러워할 안드레아 만
테냐의 천장화다. 이 '부부의 방-카메라 델리 스포시'에서 르네상스
시절에 이곳을 통치했던 후작 부부는 가족사를 의논하고 정분을 쌓
고 했을 것이다. 둥근 천장을 장식한 그림으로는 멀지 않은 파르마에
있는 거장 코레조의 작품과, 훨씬 뒤이지만 마드리드 북쪽 교외 소성

카스텔로 디 산 조르조 궁

테 궁

당에 프란체스코 고야가 그린 것과 함께 가장 잊지 못할 걸작이다. 그렇지만 부부 침실을 장식한 것으로는 유일하다. 미성년 입장을 금지할 일도 아니지만, 부부만 오붓하게 찾아볼 유적으로 이 방처럼 부부애의 감흥을 자극할 만한 곳도 없을 것이다.

이튿날 아침 호텔 식당으로 내려왔을 때, 한구석에서 일본인 부인 두 사람이 조용히 요거트를 들고 있었다. 그런데 다른 한쪽에서 왁자지껄 노령에 가까운 한 무리가 푸짐한 아침 식사를 들고 있었다. 경륜 선수 옷차림이다. 알고 보니 단체로 자전거를 몰고 알프스를 넘어온 플랑드르 동호회원들이다. 알프스를 넘나들며 건강을 챙기는구나! 우리도 언제 친구들과 어울려 이들처럼 자전거로 개마고원을 넘고 우랄산맥을 넘어, 비엔나로 베네치아를 거쳐 이곳까지 올 날이 있을까?

불세출의 예술가, 줄리오 로마노

시 외곽에 치우쳐 있는 테 궁을 찾았다. 외곽이라봐야 공원을 끼고 도로를 따라 15분만 걸으면 된다. 현재는 '팔라초 테 국제예술문화관'이라는 긴 공식 명칭이 붙어 있다. 또 그 속에 만토바 시립박물관이 들어 있어, 궁 전체가 방대한 박물관 복합체다. 이 궁은 우선 건축박물관의 모범이라고 할 만큼 매력적인 요소가 풍부하다. 유럽 대륙에서 보통 궁전이란 자연경관의 빼어남에 의존하기 마련인데, 이 궁은 입지부터 특이하다. 주변에 빼어난 자연경관은 없다. 늪지를 다진 평원에 인위적으로 조성한 숲과 해자로서, 순수하게 인간적 솜씨에 승부를 건 기막힌 작품이다. 이런 점이 현대 건축가에게 큰 참조가 되겠다. 우리처럼 지형을 싹 밀어버리고 맨땅에 완전히 새로 짓곤 하는 나라에서라면 더더구나 말할 필요도 없다.

1525년부터 시작해 1534년에 완공된 이 건물을 매너리즘의 걸작으로 보는 사람도 있고, 르네상스 최후의 마침표라고 생각하는 사람도 있다. 분명한 것은 이것을 지은 줄리오 로마노가 다재다능한 장인으로, 라파엘로 산치오가 총애하던 수제자라는 점이다. 로마노의 재능이 몽땅 발휘되었다는 점에서 이 궁전 자체가 보물이다. 더구나 라파엘로의 추억을 더듬을 수 있는 점도 좋다. 라파엘로는 너무 일찍 세상을 떠나 화가로서만 회자되지만, 좀더 살았다면 이런 궁전 건축가가 될 만한 자질이 많았던 인물이다. 라파엘로는 로마의 고대 유적을 조사하는 책임자로 일했던 경력과 또 그가 남긴 보고서로도 알 수 있듯이 고대 건축에 고고학자 못지않은 지식과 안목과 애정을 지녔던 인물이다. 이 궁의 다채로운 매력을 접할 때마다 로마노가 일찍 떠난 스승의 유지를 떠받든 곳이라는 생각이 든다.

머릿속에 있던 찬란한 이미지를 황량한 벌판에 투영해 보면서 새 집을 짓고자 했던 거장들의 심사는 어떠했을까. 고대의 신전과 로마의 별장에서 신과 인간의 취미를 두루 취하면서, 지상에 없는 이상적인 궁을 만들려 했던 로마노의 야심을 엿보지 못한다면 이상하겠다.

안뜰과 뒤뜰에서 둥근 기둥의 주랑과, 돌에 개성을 심어주는 돋을새 김과, 이맛돌과 주춧돌의 조응과, 책장처럼 술술 넘어가는 띠벽에서 건물 공간의 유쾌한 기운이 철철 넘친다. 어정쩡하게 상투화한 박공 을 제거하고, 석재로 막아버린 창과 칸間 사이로 크고 작은 벽감을 집 어넣고, 현대적 감각이 고대의 우아함을 시원하게 뛰어넘는 그런 건 물 사이를 거닐게 된다.

이렇게 본채를 안뜰에서 둘러볼 때 창과 문과 그 밖의 장식 요소가 빚어내는 눈속임 원근에 취할 수 있는 경우는 유일무이하다. 또 돌다 리의 부조에서 우리와 비슷한 귀면을 보는 것도 색다른 즐거움이다. 그보다 뒤뜰에 둥글게 조성된 외랑처럼, 대자연이 없어도 해와 달, 빛과 그림자를 끌어들이는 것만으로도 싱거운 공간에 어떤 장소에 만 독특한 정감을 창조하려는 설계자의 의도가 뚜렷하다.

이곳의 실내 천장과 상벽에 프레스코를 그린 베네데토 파니, 리날 도 만토바노의 솜씨는 시대적 구분에 얽매이지 않고, 신나는 공상으 로 신화를 버무렸다. ‘프시케의 방’, ‘말馬의 방’, ‘거인의 방’으로 줄줄이, 하나하나가 수백 년간 누적된 이미지를 몇 편의 영화로 간추 리는 효과를 낸다. 벽화와 천정화를 황금 테로 두른 그 눈부심에, 까 치발에서 배내기로, 기둥머리에서 궁륭으로, 상인방에서 문설주로 오르내리는 황금 장식 모티프는 찬란하기만 하다.

실내에서 백미는 역시 애첩들이 목욕과 화장을 하고 나서 속옷 바 람으로 후작이 기다리는 그윽한 침상으로 빨려 들어갈 때까지, 때로 는 웃음과 때로는 탄식으로 채웠을 ‘찬란한 진주빛 궁전’이라는 방

테 궁

들이다. 이곳에서 동양의 당초문은 조촐하고 애교 넘치는 조가비 장
식으로 마무리된다. 여신들은 포도넝쿨과 올리브나무와 개양귀비
꽃잎 장식이라든가, 번개와 불꽃 장식으로 변신한다. 모든 수컷을 상
징하는 반인반수족의 엉큼한 수작과 그런 것을 외면하듯 반기는 앙
큼한 요정들이 숲속에서 벌이는 희롱은 인간과 금수가 크게 다르지
않은, 오직 사랑에 목마른 애틋한 한쌍의 피조물로서 뒤섞이는 변신
의 드라마를 펼친다. 수천 년 해묵은 모자이크의 전통은 다시금 그
기예를 뽐낸다. 그 기하학적인 타일 바닥에 애첩이 몸을 눕힐 때 그
아름답게 요동칠 곡선을 상상하는 것만으로도 군주는 흐뭇하게 달
아올랐으리라.

우아하지만 간드러지지 않는

　여인들의 방 뒤에 숨은 화장실, 즉 욕실은 휘황찬란한 모자이크의
판타지로 무성하다. 꽃나무가 사람과 새로 변하고, 잠자던 괴물이 미
남 왕자로 깨어나기도 하는 이런 무용담과 찰떡궁합인 모자이크다.
잘디잔 돌덩어리를 촘촘히 꿰맞추는, 하지만 직물이나 나무판자보
다 월등하게 수명이 긴 '어른들의 크레파스'로서 모자이크의 색채가
짙고 요란하게 진가를 발휘하는 것은 바로 '물을 먹었을 때'다. 산골
짜기 도랑에 씻기는 조약돌은 그냥 흐르는 물에 닿기만 해도 검은 보
석이 된다.

모자이크는 물에 젖을수록 이끼나 곰팡이가 피기는커녕 더욱 짙어진다. 그래서 오래전부터 화장실 마감재로 크게 선호되었다. 화장실은 젖지 않아 빛을 발하며 물을 이기고 견디는 모자이크와 타일의 천국이다. 돌은 여기에서 쇠붙이보다 더욱 강하다. 거창함을 겨누지 않은 적절한 크기, 화려하지만 사치스럽지 않으며 퇴폐와 다른 진정한 관능미를 과시한다. 우아하지만 간드러지지 않고, 또 뻣뻣하게 굳지 않는 기품을 보여주는 것이야말로 줄리오 로마노의 수법이다. 우리가 부당하게 르네상스와 매너리즘과 바로크라는 도식적 구분에 따라서만 기억하려는, 우리가 잊은 또다른 조형미의 세계다.

줄리오 로마노는 이탈리아가 낳은 최고의 명장이다. 건축과 조각과 회화와 금은세공, 모자이크 등 공예 전반의 방대하고 파악조차 하기 어렵게 풍부한 이탈리아의 유산을 적절하고 재치 있게 활용한 전방위적 명장은 찾아보기 어렵다.

그가 이 궁전에서 펼친 것은 르네상스 미술이 추구하던 인간과 삶과 세계에 대한 폭넓고 유연한 생각과 무한한 꿈이다. 르네상스란 아무튼 폭넓은 사고에서 나온 미술이다. 그런데 이것을 편협한 인간 중심주의로 해석하고, 또 인간이 무엇인지 그 정체에 대한 생각마저 편협해지고 위계화하다 보니 결국 인종 차별적 관념도 나왔다.

줄리오 로마노가 보여주는 세계는 이런 편협한 것으로 위축되기 전에 개방적 인간관을 보여주는 최후의 걸작이다. 인종과 민족, 계급과 집단, 직업과 지위로 구별되는 초상의 주인공으로서 인간과 인물이 아니다. 거인도 난쟁이도, 하얗든 검든, 잘났든 못났든, 자연과 짐

승, 살아가고 죽어가는 모든 것과 스스럼없이 하나였던, 서로 동포이
던 인간의 모습이다.

　로마노는 재료를 충분히 이해하고 자유롭게 다룰 줄 알았다는 점
에서 명장이다. 그의 취향과 안목은 고전에 뿌리를 두고 있다. 그의
상상과 공상은 재료의 가능성과 함께 피어난다. 미술가는 무엇보다
미장이, 환쟁이, 목수, 세공사, 이런 것의 자질을 두루 갖춰야 한다.
이런 손으로 주물러야 명품이 나온다. 그는 고유한 토착 재료에 정통
했다. 거기에서 그의 독창성이 나온다. 알프스 이북의 미술사가나 이
론가들은 '매너리즘' 이라는 딱지를 붙이며 그가 시원하게 버무리는
솜씨를 절충주의쯤으로 깎아내리거나 다른 작가들과 도매금으로 몰
아붙이곤 했다. 테 궁의 뜰을 거닐다 보면, 그런 편견이 옹졸한 것임
을 알게 된다. 줄리오 로마노는 이 궁에서 르네상스의 인간성을 더욱
뜨겁게 덥혔다.

카르미니 예배당, 피렌체

승자의 미학

우피치 안마당, 피렌체, 이탈리아

박물관이 문을 닫는 월요일. 만토바에서 하룻밤을 더 보내고 나서 피렌체로 내려왔다. 피렌체는 어차피 도시 전체를 박물관이라고 해도 좋을 곳이니까 아무 때나 찾아도 볼 것은 많다. 동서남북을 지키는 네 채의 성당만 둘러보아도 하루 해가 후딱 져버린다. 지상에서 가장 빼어난 그림들을 가장 오래전부터 갖고 있는 우피치 미술관 문이 닫혀 있더라도 괜찮다. 그 건물 자체가 다른 어느 것보다 유별난 작품이다. 그 건축가가 서구 미술사에서 가장 많이 입에 오르내리는 조르조 바사리여서도 아니다. 바사리는 조금 지나치게 으스대고 과장하는 버릇 때문에 르네상스 명장들의 '열전'을 짓고도 많은 부분에서 비판의 여지를 남겼다. 그의 그런 기질을 감안하고 읽더라도, 사실을 기록하면서 너무 자기 기분에 좌우되었다. 앞으로도 고문서가 발굴될 때마다 그의 공상은 계속 도마 위에 오를 것이다.

우피치 안마당

기질은 비슷해도 되레 그 솔직함 덕에 신빙성을 인정받는 기록이 있다. 바사리와 절친하던 벤베누토 첼리니의 『회고록』이다. 살인과 도피, 망명과 탈옥 등 미술의 역사에서 가장 소설 같은 모험과 극적 순간으로 점철된 삶을 산 풍운아가 꼼꼼한 금은세공사로서 적은 연대기다. 그런 점에서, 첼리니와 비교되는 바로크의 거장 카라바조의 비극은 깊어지기만 했지만, 행불행이 반전을 거듭한 파란만장함에서 그 폭과 깊이가 첼리니 만한 인물은 없었다.

바사리의 은밀하고 우아한 구상

바사리는 우피치 미술관을 궁과 궁을 잇는 은밀하고 우아한 통로로 구상했다. 그렇게 건물과 건물 사이의 안마당도 길이자 뜰이요, 광장이다. 건물을 떠받치는 낭하의 둥근 기둥들과 교차하며 반복되는 벽기둥은 길쭉하게 파서 성당처럼 입상을 세울 수 있게 했다. 이 벽감에 피렌체 28인의 위인상이 서 있다. 후대에 여러 조각가가 깎은 석상들이다. 자기네 위인들이 도열한 채 지켜보는 이 안마당을 드나들기도 하고, 퍼질러 앉아 쉬며 수다도 떠는 사람들은 마음이 든든하지 않았을까. 단테와 레오나르도 다 빈치, 마키아벨리와 사보나롤라 등 누구나 알아볼 수 있는 인물들이다. 정문 곁의 로렌초 메디치 대공의 상은 그 큼지막한 코가 관상쟁이들이 복이 넘친다고 할 만한 인상이다. 그 옆 건너편에 명장, 안드레아 오르카냐가 서 있는 기둥

밑에서 밀가루를 뿌린 듯, 뽀얀 귀신잠옷 차림의 또다른 입상이 꼼짝도 않고 사람들 곁에 내려와 서 있다. 무언극 배우다.

지나가는 사람들의 사진 세례를 받으면서 위인상을 모방하고 조롱하는 몸짓을 한다. 얼마 후 이 입상이 움직이기 시작하니까 지켜보던 사람들의 고개도 함께 갸우뚱하며 돌아간다. 그러다가 이 배우가 몸짓을 멈추는 지점에서 잠시 안마당에 서 있던 사람들 모두가 그 몸짓을 따라 발걸음도 시선도 함께 굳어지고 만다. 팔짱을 긴 사람, 안경테에 손을 얹은 사람, 콧부리를 매만지는 사람, 허리춤에 주먹을 박은 사람, 무릎을 꿇고 고개를 젖힌 사람, 모두가 얼어붙는다.

이런 몸짓을 맞은편 건물 귀퉁이에서 내려다보는 입상이 있다. 벤베누토 첼리니다. 13세기에서 16세기까지 도열한 위인 가운데 가장 막내다. 모자를 벗어들고 조금 긴장된 표정으로 어딘가를 응시하고 있다. 지그재그 방향으로 맞은편으로 눈길을 돌리면, 미켈란젤로 부오나로티가 아이스크림 먹는 사람들을 굽어보고 있다. 위엄보다는 "자신의 재능만 탐했지, 그 참다운 예술성을 알아볼 줄도 이해하지도 못했던" 교황, 추기경 등에게 평생 부당하게 시달리면서 성가신 세월을 보냈던 늙은이의 지긋지긋해하던 피로가 느껴진다.

그는… 형상을 빚을 줄은 몰랐다

첼리니는 미켈란젤로를 흠모하고 칭송했다. 보통은 자신만 최고의 재능을 타고났다는 착각에 빠지기 쉬운, 자부심이 강하고 성깔이 대단한 예술가로서 쉽지 않은 일이다. 미켈란젤로 부오나로티는 첼리니의 공방을 들러 그를 격려하기도 했다고 한다.

미켈란젤로의 전기작가 조반니 파피니는 첼리니를 "무모한 싸움꾼이었다"고 전한다. 또 이런 말도 했다.

"미켈란젤로의 다윗상 곁에서 그의 페르세우스 상은 정력적인 영웅 옆의 곱상한 청년처럼 보인다. 궁전을 짓는 사람 대신 목공의 감정 같은 것이었다. 뛰어난 부조를 빚을 줄 알았지만 거상을 빚을 줄은 몰랐다."

첼리니의 호전적이고 상당히 격정적인 성격도 미켈란젤로와 비슷했던 것 같다. 그는 불가피했다고 하지만 두 번씩이나 아무튼, 사람을 죽였다. 이런 사실은 그가 회고록에서 남긴 대로인데, 그 진위 여부에 논란이 없지 않지만 대체로 그 솔직함으로 미루어 사실 쪽에 무게가 실린다. 물론 당시의 살인이라는 것이 지금 우리의 사법적, 도덕적 잣대로 보기 어려운 면이 있었다. 결투나 복수 같은 불가피한 경우 살인은 오늘날보다 훨씬 더 관대하게 보았다. 그래도 그는 '영원의 도시' 로마의 성소 바티칸을 침공한 카를 5세 연합군 사령관을 석궁으로 살해했다고 고백했다. 이것은 사실일 가능성이 높다고 평가된다. 나중에 문제가 되어 그가 도피할 수밖에 없었던 또다른 살인 사건은 형을 살해한 자에 대한 복수로서 저질렀다. 이것도 추기경과 그의 재능을 아끼던 이들의 호소로 교황의 사면을 받았다.

우피치 안마당 첼리니 상
우피치 안마당
미켈란젤로 상

그가 프랑스 망명생활을 끝내고 돌아와 권력 실세, 코시모 공의 주문을 받는 『회고록』의 몇 장면을 보면 그 사람됨을 좀더 이해할 수 있겠다.

"내가 찾아간 것은 반복하지만, 안부 인사 차였지 절대로 그의 밑으로 들어가 봉사할 뜻이 아니었다. ― 전능하신 하느님은 셀 수 없는 우의로 나를 감싸주고 나서, 공작 내외분이 내가 프랑스 국왕(프랑수아 1세)을 위해 어떤 작품을 만들었는지 궁금해하도록 하셨다. 내가 정확한 내역을 소개하자, 공은 유심히 듣고 있다가 이미 알고 있었다면서 내가 아무것도 보태거나 과장하지 않았다고 했다. 그러면서 딱하다는 어조로 이렇게 덧붙였다.

'그런 귀한 걸작에 그 보상이 왜 그렇게 짠고! 아이고, 이보게 벤베누토, 자네가 내 일을 해준다면 자네가 선의만으로 칭송했던 그 (프랑스) 임금이 했던 것과 다르게 대우하겠네. (…)

만약 자네가 나를 위해 일하고 싶다면 자네가 흐뭇한 작품을 만들도록 그만한 대우를 함세. 이 점에 한 치의 의심도 없다네.'"

말은 이렇게 했지만 '뻔뻔한' 코시모 공은 나중에, 배를 곯지 않을 정도만 예우라며 지불하면서 생색을 낸 것은 물론이다. 이렇게 첼리니는 오래전부터 꿈꾸던 페르세우스 청동상의 주물을 뜨게 되었다.

"공은 우선 작은 모델을 원했다. 한 발 크기의 것을 몇 주 만에 끝내고, 노란 밀랍도 세심하게 빚었다. 마침내 어느 날 저녁 공작 내외와 신하들이 모형을 보게 되었고 공작은 첫눈에 대만족이었다. 나는 내심 그가 어느 정도 안목이 있었으면 간절히 바라던 차였다. 그는 이렇게 감탄했다.

"아이고, 벤베누토 이 사람아. 이거 크게 빚었더라도 대단했겠군! 광장에서 최고 걸작이 되겠어!'"

페르세우스의 탄생 과정

공작의 뜻대로, 오늘은 이 페르세우스 상이 번듯하게 수많은 관객, 관광객의 의아해하는 시선을 끌고 있다. '페르세우스와 메두사 군상'이라고 부르기도 하는 이 작품은 두 덩어리로 주물을 떠서 껴맞춘 것이다. 페르세우스 신화는 많은 이본이 전하지만, 요컨대 그가 사악한 세력에 붙들린 여인을 구해서 함께 살고, 적을 응징하고 승리하는 운 좋은 용사라는 이야기다. 이 영웅이 페르시아의 건국 시조라는 주장도 있다.

조각가로서 이런 사내를 형상화하고 자신과 동일시하고 싶은 욕심이 없을 수는 없다. 또 대리석이든, 미켈란젤로의 경우처럼 청동주물이든, 레오나르도 다 빈치가 주물 작업에 실패해서 망신을 당했듯이 '한 덩어리'로 거상을 떠낸다는 것은 그들의 꿈이었다. 그는 거푸집에서 고른 두께로 흠잡을 데 없는 청동상을 떠내려고 꼬박 사흘 밤낮을 주물 작업을 하면서 거푸집 속에 들어 있던 밀랍을 깨끗이 배출하려 했다. 그러나 쇳물을 붓는 과정에서 조수들은 무능했고 실패했다. 화로 뚜껑이 터져버리고 쇳물이 넘쳐흘렀다. 쇳물이 안에서 빠르게 흘러들며 퍼지지도 못했다.

그 산고는 대단했다. 쇠를 녹여 붓는 작업에서 체질과 체력이 뛰어난 조각가도 탈진하고 말았다. 그는 "내일 아침에 살아 있을까!"라면서 침대로 향했고 거듭되는 고열에 호된 몸살을 앓았다. 하녀이자 집사인 모나 피오레는 흐르는 눈물을 애써 감추면서 헛소리를 하는 그를 극진히 간호했다. 그는 S 자 모양으로 전신을 뒤틀면서 고통을 하소연했다.

이런 우여곡절과 실패를 거듭한 끝에, 결국 모두가 합심해서 주물을 떠내고 나서, 이들은 질그릇, 접시와 주석 그릇에 담긴 음식을 모조리 먹어치우며 난생 처음인 듯 즐거운 저녁 식사를 즐겼다.

그렇게 나온 작품의 높은 좌대도 볼만하다. 해마가 기둥에 기대서고 그 가운데 조가비 장식으로 받친 감실監室에 베누스와 에로스도 서 있다. 그런데 금은세공사 기질의 섬세한 장식은 훌륭하지만, 한 덩어리의 규모로 흐르는 미켈란젤로 같은 정기는 부족해 보인다. 대가의 솜씨를 모방한다는 것은 거의 치명적이다! 자세와 감정도 미지근하다. 미켈란젤로는 다윗을 5미터 크기로 부풀렸다. 첼리니는 페르세우스를 거의 실물 크기로 빚었다. 크기만으로는 조금 꿀리는 것이 사실이다.

로지아 데이 란치

어쨌든 아직 오늘 같은 예술가 관념이 통하지도 않던 당시에, 아무리 명장이라 하더라도 그들의 작품은 지금 우리가 열광하는 순수한 예술작품 같은 것으로 대우받고 주목받지는 못했다. 그들에게 주문하던 사람들은 기도서와 도장과 성배와 메달과 삼중관 등 '뛰어난 물건'을 갖고 싶었기 때문이다. 순수한 예술작품이라는 관념은 훗날의 해석일 뿐이다. 타히티 원시림에서 나무둥치를 깎으며 예술에 대한 고루한 관념을 훌륭하게 뒤집었던 폴 고갱도 이런 말을 했다.

"자네 아무것도 못 했나? 조각 말일세! 조각은 무척 재미있고 쉽기도 하고 어렵기도 해. 자연을 바라볼 때는 아주 쉽지만, 조금만 우의적으로 신비롭게 표현하려 들기만 해도, 남불에 사는 자네 조각가 친구가 '형태를 비튼다'고 했던 식으로 형태를 찾아내려고 하면 금세 힘들어지지. 요즘도 여전히 페르시아, 캄보디아, 이집트 물건들과 함께 지내나? 아무리 아름답다고 해도 가장 큰 실수는 그리스 미술이야."
- 고갱이 1897년 10월, 다니엘 드 몽프레에게 부친 편지에서

호전적인 영웅의 미학

「페르세우스의 승리」가 놓인 우피치 안마당 입구의 '로지아 데이 란치'는 그 자체가 24시간 개방된 '공식적인' 옥외박물관이다. 그 앞을 개방형으로 터놓은 건물의 조각은 때에 따라 자리를 옮긴다.

「페르세우스」는 여러 해 동안 앞자리 한 가운데 놓여 있던 〈사비나 여인의 약탈〉 상을 밀어내고 그 자리를 차지하는 '승리한 상' 이 되었다. 사비나 여인의 약탈이라는 주제는 잘 알려졌다시피 로마인이 그 여자들을 잡아다가 처로 삼아 출산율과 인구를 늘려 제국의 세력을 키우려 했다는 전설이다. 그런데 로마의 그다음 황제가 사비나 출신인 것으로 미루어볼 때, 두 민족의 사이가 나쁘지만은 않았다는 주장이 있다.

이렇게 세 개의 궁륭을 올리고 벽을 튼 외랑, 또는 개랑開朗을 모방한 것은 뮌헨에도 있다. 그러니까 어떤 민족이 딱히 중뿔나게 모방심이 대단하거나 창의력이 대단하다는 극단적인 통설은 설득력이 없다. 나름대로 다 창의력을 내세우고, 그 이면에는 가깝든 멀든 항상 '다른 데에서 베낀 기억' 이 살아 있다.

외랑은 그 바닥에 로마 제국기 사자상부터 르네상스, 19세기까지 여러 세기의 조각들을 한데 모았다. 사자는 악운, 불운을 막는 수호신이다. 용맹과 고독, 싸우는 힘을 생각하면 사자가 피렌체의 상징물이라는 것은 놀랍지 않다.

그 곁 베키오 궁 벽 앞에 우뚝 선 미켈란젤로의 「다윗」 상은 언제나 군중을 끌어 모은다. 연간 수백만의 사람이 참배보다 더욱 순수한 마음으로 올려다보는 상이다.

광장의 기운은 승전가에서 나온다. 모두들 '승리, 승리!' 를 부르짖는다. 로마가 제국으로 일어서면서 그토록 도취한 '승리의 신학' 의 서곡을 울린 때부터 수천 년 동안 그치지 않는 노래다. 그 노래가 승자의 신학이라는 점에서 어느 거장이나 명장이나 그들의 생각은 한결같다. 영웅, 적을 거꾸러뜨리는 호전적인 영웅을 숭배한다. 이긴 소수자를 숭배하는 맹목적인 예찬이라는 점에서도 거장 미켈란젤로와 명장 첼리니의 석상과 동상은 같다. 배타적이고 호전적이며, 승리의 영광에 굶주린 욕망으로 키워낸 청년상이다. 이런 욕심과 야망이, 피비린내 나고 치사하기 일쑤인 여러 도시국가의 경쟁과 교황과 왕이 상징하는 두 세력의 경쟁이 서로의 생활수준을 높이는 데 일조했다.

하지만 까마득한 옛날부터 시작했을 이런 소수의 패권주의적, 제국주의적 이상이 언제나 아름답기만 할까? 승리상은 다혈질과 복수와 잔인한 보복의 화신이 된 예술이다. 강인하지만 무자비하고, 튼튼하지만 반드시 내면까지 건강한지는 알 수 없다. 단호하지만 비정한 승리의 예찬이다.

웬만한 승리도 아니다. 타인과 적을 무찌르는 영예로운 승리다. 이런 승리의 도취는 당대의 일반적인 정서였을 것이다. 이런 데에 심취한 미켈란젤로는 플랑드르 회화를 무시했으니까. 그토록 뛰어난 사실성으로 넘치는 초상과 풍경 기법을 이탈리아에 전했던 그 그림들을, 미켈란젤로는 무시했다. "넝마 조가리"라고! 오두막과 들판과, 나무그늘과 다리와 개울을 그려놓은 풍경이라면서, "여기저기 수도 없이 많은 사람들을 그려넣지만 예술도 이성도, 균제와 비례도 없다"고 비웃었다. 그런데 이상에 도취된 이런 발언에 바로 플랑드르 회화의 진솔한 가치가 들어 있는 것이 아닐까? 복잡하고 어색하고 거북해 보이지만 있는 그대로 거칠기 짝이 없는 현실, 자연처럼 그냥 저절로 어울리기 어렵고, 이상적이고 아름다운 모습으로 생략하거나 얼버무리기 어려운 우리 삶의 현실이 적나라하게 드러나는 것인데.

우피치 안마당 둥근 주랑을 빠져나가면 강변로가 곧 테라스다. 그 앞으로 아르노 강을 자기 집 앞마당 개울처럼 즐길 수 있다. 이렇게 바사리의 매혹적인 기교가 드러난다. 여기에서부터 외랑과 지붕 덮인 다리를 건너 맞은편 기슭의 피티 궁까지 외부에 노출되지 않고 드나들 수 있는 통로다. 피렌체 공화정을 무너뜨리고 독재를 했던 메디치 가문 사람들이 언제 있을지 모를 공격을 피해 안전하게 궁과 궁을 오갈 수 있도록 짜낸 장치다.

테라스에서 해질 무렵을 기다려본다. 맞은편 산기슭이 어둑어둑해진다. 구름이 오로라 테를 내며 밤을 기다리는 초조함에 요염하게 불타오르려 꿈틀댈 때, 왼쪽 멀리 그 전경의 중심을 잡아주는 곳에서 황금빛 별처럼 반짝이며 떠오르는 것이 있다. 미켈란젤로 부오나로티가 평생 사랑했던 산토 미니아토 소성당이다. 그 언덕에서 이상적인 나라처럼 한눈에 들어오는 시내를 바라다볼 수 있는⋯ 그 정면에서 노을이 솔로몬의 방패처럼 눈부시다. 이 테라스에서 바사리는 피렌체의 거장에게 안부를 전하며 하루를 마감하곤 했겠지⋯.

명품 시계

피렌체에서 야간열차로 알프스를 넘었다. 역도선수 같은 덩치의 여객전무가 잠을 깨우며 끓여준 커피는 정말 일품이었다. 그 뜨거운 한잔에 밤새 선잠 속에 뒤척이던 몸이 거뜬해졌다. 베른에 도착했을 때는 새벽이었다.

세상 모든 역의 창구가 스위스 같다면 좋으련만. 아무리 작은 마을을 찾아가더라도 알아서 유리한 시간표와 가능한 여로들을 챙겨서 건네주니까! 유로화 때문에 이웃 나라들 물가도 올라, 스위스가 물가가 비싸다는 생각은 이제 어지간히 무색해졌다. 그렇다고 아주 싸진 것은 아니지만 질과 값을 따진다면야 훨씬 경제적이라고 할 수 있다. 다른 나라 물가는 그저 물가만 오를 뿐 질은 더 낮아지기도 하니까. 프랑스에서는 물가가 비싸졌다는 우려를 누그러뜨려보려고 값은 그대로 두고, 두루마리 화장지의 지름을 절반으로 줄였다. 과자

그램 수를 줄이고 값을 그대로 두는 우리와 비슷하다. 이런 숫자놀음에서는 종종 질량의 법칙이 통하지 않는다. 이럴 때, mc²은 힘이 되는 에너지가 아니다. 김을 빼는 힘이다. 아인슈타인이 경제학을 공부했더라도, 이런 알량한 수치놀음을 이해할 뭔가 그럴싸한 공식을 내놓을 수 있었을까?

스위스는 금융과 관광 수입이 중요하다. 시계산업으로만 먹고사는 것은 아니다. 그래도 그 종사자들이 경영학도가 괘종시계 시장에 위기를 초래한 줄 알고 있을까? 소비사회의 총아로서, 사람 사는 곳이면 어디나 그 중심지와 변두리를 돌려가며 차지하는 백화점과 초대형 상가에서 시계를 금기하고 추방한다는 것쯤이야 잘 알지 않을까? 시계가 불필요한 곳, 천국처럼 시간을 잡아둔 채 그 자리를 뜨지 않고 마지막 문 닫을 때까지 물건을 구경하고, 쇼핑에 몰입하게 하려는 심리학을! 누가 이런 깜찍한 요술을 부렸을까. 은행처럼 사람들의 뒤통수를 바라보고 또 뒤통수를 긁적이며 일하게 하는 희한한 감시체계를 고안했던 경영학의 귀재들일까? 그래 고맙지, 잠시나마 시간의 흐름을 잊고 세상만사 모두, 주머니 사정도 다 잊고, 만물의 주인으로서 골라잡기만 하면 된다는 환상에 젖어 물건 고른다는 재미마저 없다면 무슨 낙으로 살라고!

베른에서 열차를 두 번 갈아탔다. 쥐라 산맥의 높은 고지에 공장 바라크들만 띄엄띄엄했나. 르 로클 역은 숲이 우거진 계곡 위에 자리 잡았다. '티소' 간판이 불쑥 눈에 들어온다. 시내로 내려가는 비탈길은 미끄러질 듯 가파르다. 중심가 광장에 분수대와 과일 장수 몇이 좌판을 벌이고 있었다. 블루베리나 산딸기를 제외하면 과일과 채소는 이베리아와 북아프리카에서 올라왔다. 바구니를 옆에 낀 할머니들, 점퍼 호주머니에 두 손을 찌른 노익장을 과시하는 이들이 주변을 서성대고 있었다. 차로가 광장을 둘러싸고 그 길 건너 카페 건물 앞 처마 밑에 둥근 탁자 뒤에 앉아 사람들이 한 줄로 벽에 기대 앉아 해바라기를 하고 있었다. 분수 곁 파라솔 밑에 의자와 탁자들이 가지런하다. 이제 곧 어디서 오토바이로 장갑차 편대를 이끌고 나치 장교가 불쑥 나타나면서 고요를 깨고 음산한 사건이 벌어지게 될 소읍의 한 장면이다. 이차대전 무렵의 무대장치로 손색이 없다.

주변을 한 바퀴 돌아보았지만 박물관도 택시 표지판도 보이지 않았다. 다시 광장 파라솔 밑으로 돌아와 앉아 물 한 잔을 시켰다. 그러면서 박물관을 물어보니 모른다고 한다. 알 만한 사람이 없을까. 얼마 뒤 곁에 앉아 유리잔을 기울이고 있던 할머니 한 분이 조용히 일어나 광장 한 모퉁이까지 바람처럼 갔다가 돌아왔다. 그 할머니는 내게 곧장 다가와, 손가락을 들어 본인이 다녀온 곳을 가리켰다.

"무슈(이보시게), 저기서 다음 버스 타면 박물관 가요!"

- 아 그렇군요, 고맙습니다. 마담, 그런데 걷기에는 먼 가요?

"바로 저긴데 (언덕받이 위를 가리키면서) 가까워 보여도 걸어 올라
가기는 힘들지 않겠소?"

- 그래도 빤히 보이니 걸어서 한 반 시간이면 올라갈까요?

"더 걸릴지 모르지. 걷는다고? 하긴 젊으니까!"

'마담, 저도 그렇게 젊은 편은 아닙니다만 그런 말씀을 하게 했으
니 정말 죄송합니다.'

이렇게 대답하고 싶었지만 참았다. "나는 늙어 그렇게 못 하는데,
참 좋겠구려!"라는 뜻이었으니, 순순히 노파의 선의를 존중하지 못
한 데다 공연히 마음까지 상하게 하지 않았나. 호의를 무엄하게 걷어
찬 격이었다.

어쨌든 미적거릴 시간은 없었다. 버스는 뜸하고 지나가는 택시를
불러 손님이 타고 있었지만 내려놓고 다시 오겠다는 다짐을 받았다.
택시는 금세 되돌아왔고 박물관으로 올라갔다. 시간은 불과 10여 분
거리지만 지그재그로 올라가는 그 높이는, 노파의 말씀이 옳았다. 걸
었다면 걷는 것이 아니라 등반이었을 것이고 한 시간은 족히 걸렸으
리라. 어린이와 중학생들이 입장을 기다리며 줄지어 재잘대는 소리
가 새들의 지저귐이 되어 녹음 속으로 퍼졌다. 햇살은 이미 풀밭의
이슬을 녹여버렸다.

시계 박물관

시계 박물관

‘산성山城박물관’이라고도 하는 르 로클 시계 박물관은 너른 들판 안쪽 깊숙이 단아한 2층 건물이다. 정원 잔디와 들국화 밭 사이로 초대형 시계와 조각이 서 있다. 마침, 박물관 개관 50주년을 기념하는 전시회가 열리고 있었다. 평생 시계만 모은 산도즈 컬렉션이다. 모리스 산도즈는 바젤 사람으로 1892년생이다. 제약회사 집안 출신인데 오토마트(자동인형), 귀금속공예, 시계 중에서 희귀품 위주로 수집했다. 목재 상자에 넣은 괘종시계보다 주로 까치발 장식대 즉, 콘솔이나 벽에 붙인 거울 아래, 벽난로 위에 올려놓는 도자와 금테를 두르거나 아예 귀금속으로 틀을 만든 최고급 시계들이다.

1908년 모스크바 제품인 「알 속의 공작새」는 호사취미가 뚜렷한 ‘키치’다. 1660년에 아우구스부르크에서 만든 「테오르브 연주자, 황금소상」은 광배를 두른 황금불상이나 보던 우리 눈에는 낯설고 엉뚱하다. 1805년경의 황금개구리 장식은 등과 뒷다리와 눈에 진주를 박았다.

향수병에 시계와 자동인형을 곁들인 것은 1880년경 제품이다. 음악이 울리는 상자 속에서 연주자들이 움직이며 시간을 알리는 것도 있다. 1850년경의 사식조蛇食鳥, 즉 뱀을 잡아먹는 새는 순금에 에메랄드를 붙였다. 이것은 놀랍게도 중국이나 백제의 청동향로에 붙은 봉황새를 많이 닮았다.

이층 창가에서 할머니 한 분이 당텔 수를 뜨고 있었다. 재미삼아 또 아이들에게 구경도 시켜주고, 작은 잔 받침이나 책갈피에 꽂는 북마크, 깃 장식을 만들고 있었다. 당텔 수를 놓는 할머니는 풀밭이나 길가에 나와 앉아 수를 놓는 프랑스나 네덜란드 박물관 길모퉁이에서 수를 놓던 할머니들보다 훨씬 쾌활했다.

산도즈 컬렉션으로 내놓은 것은 시계와 오토마트 120점이다. 연대가 가장 이른 1620년경의 하트형은 바탕과 뚜껑 모두 수정을 사용했다. 전체 틀은 놋쇠, 문자판은 은, 숫자는 검은 법랑. 투명한 암석과 불투명한 금속이 하모니를 울린다. 1640년의 것으로 십자가를 통째로 수정으로 깎은 것이 있다. 강철시침의 모양도 가지각색이다. 로마 병사의 창, 에로스의 화살, 바늘, 또 뒤끝을 튤립 모양으로 아무리기도 했다.

1650년이면, 낭만적인 주제도 등장한다. 뚜껑에 동정녀, 예수와 사제 등 고상한 주제 대신, 클레오파트라와 안토니우스의 일화를 앉혔다. 에로스도 곁들였으니, 역사는 신화와 부지런히 뒤섞인다. 이미 신고전주의 화가의 취미를 예고하는 둥글둥글하고, 백옥 같은 모티프가 역사 속의 신화를 완전히 지배한다. 또 청아한 노랑과 연두와 밝은 색조에서 검은 흑인 노예의 얼굴 하나가 전체의 화사함에 중심을 잡아준다. 이런 주제는 19세기 초에 테두리에 진주 100개를 두른, 자크마르 이야기로 크게 유행했다. 버찌 따는 동산에서 노새와 아이들과 양떼와 처녀총각이 수작을 부리는 장면이다. 새장 속에 갇혀 울

클레오파트라와 안토니우스 장식 시계,
라 쇼 드 퐁 박물관

바벨탑 장식 시계,
라 쇼 드 퐁 박물관

며 때를 알리는 밤꾀꼬리도 있다.

산도즈 컬렉션 최고의 명품은 「수태고지」. 문자판은 금판이다. 시침은 루이 15세 스타일. 배경의 소품과 등장인물은 채색한 상아. 동정녀가 가브리엘 천사장의 통지를 받고서 무릎을 꿇으며 조용히 두 손을 가슴에 얹는 동안, 성령이 뒤에서 눈부신 광채를 퍼트린다. 그 아래쪽에서 뱀이 이 광경을 지켜본다. 이 뱀은 천국으로, 생명의 나무를 타고 기어오르고, 아담과 이브가 야생동물들과 어울려 살고 있다. 이런 초자연적 사건은 자동장치로 서서히 움직이며 펼쳐진다.

19세기 초의 것은 스위스 산골이 배경이다. 호숫가에 앉아 하프를 뜯는 노인 곁에서 그 가락에 맞춰, 아이들이 시소를 타고 놀며 움직인다. 이런 시계는 중국 수출용의 대표적 견본이다. 손잡이에 크기가 다른 진주를 팔찌와 목걸이 식으로 돌렸다. 중국인의 환상취미에 맞춘 것이니, 이탈리아 중세 성당에 북유럽 종탑, 알프스의 대자연이 아무렇지 않게 한 자리에 어우러졌다. 이발소 그림 같은 구성이다. 그 물가에서 뒤틀린 채 바람에 요동치는 바로크 풍의 나무는 중국집 병풍 속에서 보는 것이다.

산도즈 컬렉션 외에 이웃, 라 쇼 드 퐁 박물관 소장품도 찬조 출연 했다. 1630년경의 명품 가운데 법랑에 금테를 두른 바벨탑이 돋보인 다. 노아의 방주 같은 주제와 마찬가지로, 중세 필사본 달력에 그려 넣던 채색삽화를 본 딴 것이다. 태엽은 스트라스부르크 산이다. 1780년의 것에서 하트 모양의 법랑과 밀이삭 장식을 두른 금시계는 전원풍경을 새겼다. 소박한 배경의 농가에서, 처녀가 마치 시계추에 걸린 도르래 같은 두레박으로 우물 속에 숨은 에로스를 건져내는 장 면이다! 기막힌 사랑의 발견이다.

1700년경에는 15분 단위로만 분을 표시하고 있었다. 루이 14세의 초상을 문자판에 깔고 처음으로 아라비아 숫자로 60분을 표시한 것 은 1739년의 일이다. 시계에 분침과 초침이 붙고, 더욱 계량이 작은 단위의 표시로 나눌수록 우리의 생활도 점점 더 바쁘고 각박해지고 성급해졌겠고….

고리로 허리춤에 달고 다니는 타원형 휴대용 시계가 많았다. 부품 들은 멀리에서 가져왔다. 법랑은 프랑스 도예의 본산, 리모주에서 제 작한다. 문자판, 자명종, 시침 하나뿐인 것(16세기). 조인 스프링이 천천히 풀리며 돌아가는 태엽. 뚜껑과 바탕에 부식동판의 섬세한 선묘로 월계수와 잎장식으로 음각하거나 입사한 것. 그런데 흰 자기瓷器에 꽃장식과 수염처럼 금테를 살짝 둘러 큰 인기를 끌었던 일명 독일제 탁상시계도 빠지지 않았다.

농가를 보존해 박물관 겸 사랑방으로

오후에 산을 넘어 시계산업의 중심지 라 쇼 드 퐁을 찾았다. 그 길에 '농부와 장인 박물관'을 들렀다. 산업단지 건물들이 드문드문한 들판에 혼자 서 있는 박물관은 둔하게 퍼진 삼각형 정면이다. 정면은 남동향으로 볕을 잘 받는 방향을 향했고.

큰 나무 그늘 밑에서 몇이서 한 상 벌린 채, 점심을 먹고 있었다. 그들 뒤로 높이 솟은 지붕의 널판이 차곡차곡 겹쳐졌다. 흙을 퍼 담던 수레에 꽃을 심었고, 허름한 문짝에 비해 묵중한 돌벽 사이 틈을 내고 위아래 물매를 잎사귀장식으로 덮은 창틀에는 1612년이라는 기명이 생생하다.

산업체들만 들어찬 이곳에서, 19세기까지만 해도 농사를 짓는 한편 시계 부속과 나막신을 깎거나 직접 채집한 꿀이나 야생과일, 경작한 농작물 판매도 하면서 근근이 생활하던 농민이 살던 '산골 사람'의 집이다. 이들은 보리, 귀리 등을 경작하고, 삼베도 키웠다. 이런 몇 가지 일을 동시에 하던 습관 덕분에 여러 차례의 경제위기를 무사히 넘겼다.

농부와 장인 박물관

어두컴컴한 실내는 사다리라 해도 좋을 나무 계단으로 지붕 밑 이층으로 통한다. 아래층에 침실과 부엌과 외양간도 함께 있다. 사람들은 짐승들과 함께 살았다. 둥글게 벽돌로 쌓은 궁륭으로 비좁은 부엌은 이끼와 또 아궁이가 토해낸 검댕으로 시커먼 벽에 선반 하나 달랑, 그 위로 구리 주전자와 냄비며 단지들이 놓여 있다. 벽장형 침대의 줄무늬 침구는 꾀죄죄하다. 이층 창고에 알곡과 여러 용도에 쓰는 짚풀을 보관했다. 나무와 철사로 엉성하게 얽은 틀 속에 쥐덫이 들어 있다. 수풀 속 새집도 숨어 있다. 다람쥐가 쳇바퀴를 돌리는 물가에는 두꺼비도 목젖을 꿀렁대고.

아이들은 선생님과 함께 몰려다니며 탄성을 지르거나 갑자기 조용해지기도 하면서 현장학습 중이었다. 소박한 유기농산물을 판매하는 박물관이지만, 산업화로 완전히 자취를 감춘 농가 한 채를 보존한다는 것은 이 마을 사람들에게 크나큰 사건이었다. 박물관은 고향 친구들이 즐겨 모이는 사랑방이다.

박물관에서 보는 것 같은 산골 생활상은 사진집 한 권에 감동적으로 실려 있다. 알퐁스 므노 신부의 사진첩이다. 사진을 찍은 신부님은 우리가 세상에 살게 된 창조의 신비를 산마루 아래, "하늘에서 가장 가까운 땅에서 확인하고" 싶어했다. 그는 홍보용으로 거저 배급하는 두루마리 필름을 모아 산골생활을 기록했다. 빙하가 계곡 밑을 훑고 지나고 험한 계곡에서 소와 양과 염소에게 먹일 풀이 어떻게 될

지 걱정하며 이야기꽃을 피우던 사람들을 만나고 촬영했다. 그 사진으로 이야기를 꾸며내거나 신화를 만들려 하지 않았다. 거칠게, 드러난 단편적인 시간, 동작과 몸짓만이 드러난다. 아무것도 설명하려 들지 않았다. 단지 생각이 담긴 눈길을 던지기만 했던 사진들이다. 정다움을 표하려고 사진 앞에 포즈를 취한 사람들에게서만 느낄 수 있는 순간이다. 급정거가 아니라 구르다가 저절로 멈춘 순간이다.

유대인이 만든 스위스 시계의 신화

라 쇼 드 퐁 시계 박물관을 찾기 전에 프레데릭 키뷔르 씨를 만나 이야기를 들었다. 근처 노이샤틀에서 시계 부품제작 공방을 운영하고 있는 그는 앞가슴이 떡 벌어지고 목소리가 낭랑하며 눈이 부리부리해서 '태양인' 체질로 보였다. 그의 공방에서는 시계를 덮는 투명한 뚜껑만을 제작한다. 시계 자판의 작은 글씨와 숫자도 이 유리 혹은 크리스탈 뚜껑 덕에 확대되어 보인다. 그 자체가 보석세공이자 미묘한 볼록렌즈다.

그의 이야기에 따르면, 스위스 시계를 유대인이 세계적 상품으로 끌어올렸다. 원래 시계공업에 종사하던 주민들은 여러 공방에 흩어져 분업화해 일했지만 순박한 산골사람처럼 상술에 서툴렀다는 것이다. 그러던 중 유대인이 이 산골에 들어오면서 전문적인 홍보와 사업 수완으로 스위스 시계의 신화를 만들었다고 한다. 스위스가 아시아, 아프리카 등 전 세계 독재자를 비롯해 구린 돈으로 이자나 챙긴다고 비난을 받기도 하지만, 이방인에게 관대한 자세가 좋은 결과로 이어진 사례다. 사실 옛날에 이 첩첩산중에 토박이라봐야 얼마나 되었을라고! 게다가 뉴욕에서는 현찰로만, 파리에서는 달러로만 거래하곤 하는 유대인이라면!

1970년대에는 극동아시아 시계 산업의 거센 도전에서 살아남는 등 큰 구조조정도 겪었다. 그때까지 중소 공방들로 분업화한 것을 통합해 일괄적으로 제작, 판매하는 과감한 모험이었다. 이것이 일부 성공했다. 아직도 이렇게 할 수 있는 곳은 손을 꼽을 정도라고 한다. '카르티에' 사가 대표적이고 더러 시도하는 다른 곳도 있지만 엄청난 재원이 걸림돌이라고. 그렇게 우리 신혼부부가 예물시계로 '카르티에'를 택한 것도 한몫했을 것이라며 우리는 한바탕 웃었다.

시계, 처박아두었던 이 애물단지를 서울과 이곳 시간을 동시에 아는 것이 낫겠다 싶어 차고 나왔지만 샤워 한번 하고 나니 뿌옇게 자판이 흐려졌다. 그 틈새로 보이는 '워터 프루프', '방수 보장' 이라는 단어는 왜 새겨 넣었는지. 믿음을 주지 못하고 자신이 없으니 이런 것을 내세우곤 한다. '저희는 원조입니다. 순 국산만을 씁니다. 100퍼센트 국산입니다.' 이런 묻지도 않았는데 미리 하는 변명이 사방에서 들린다. 이러다가는 '나는 처녀가 아닙니다. 숫처녀입니다' 라거나 아니면, '나는 진짜 숫총각입니다' 라고 하는 명찰을 달고 다닐 날마저 오지 않을까.

우리에게, 잘 알면서도 모른 척해주는 교양이 아직도 부족한 모양이다. 그러니까 이렇게 "방수가 된다"는 문구를 새겨 넣겠지. 차라리 "나는 시간이 잘 맞는 시계입니다"라고 하는 편이 나으리…. 나는 시계를 벗어던져버렸다.

시간 박물관에서 바라본 브장송

해체된 시계

시간 박물관, 브장송, 프랑스

시계를 벗어던지고 나니 그냥 홀가분했다. 아마 어느 정도는 나 자신을 조금 털어내기라도 해서 그럴까?

아침마다 내 몸의 시계가 알려주는 대로 깨고, 저녁에 졸리우면 자고. 시차가 바뀌었을 때에도 일어날 시간을 염두에 두고 잠시 집중을 하고 나면 몸이 알아서 놀랍도록 정확하게 나를 깨운다. 이렇게 깨우는 그 소리 없는 자명종은 무슨 힘으로 그 깊은 잠에서 깨어날 때에 맞춰 울리는 것일까?

시간은 한 사람의 몸속에 살아 있는 시계일 뿐이다. 누구도 흉내 낼 수 없는 신체기관이라는 태엽들이 끝없이 맞물려, 꿈틀대며 움직이는 시계다. 어떤 태엽일까? 맥박과 호흡처럼 무한히 반복되다가 언젠가 멈추리라. 손톱을 깎아야 할 때, 머리를 잘라야 할 때, 배를 채워야 할 때와 배출해야 할 때를 그 정확한 주기에 맞춰 알리며 풀리는 태엽이다. 연체동물 같은 이 끔찍한 시계를 멈추지 못하지만, 그래도 우리의 기억만이 잠시나마 그 태엽을 거꾸로 감는다.

시계를 들여다보는 것은 거울을 들여다보는 것 같다. 거울에서 공간 속의 내 모습과 껍데기를 보지만, 시계바늘의 움직임에서 자신의 마음가짐과 그 움직임이 들여다보인다. 거울 속에서보다 더욱 낯설고 이상한 소리를 내지만, 그래서 더욱더 귀를 기울여야 한다. 내가 어디 있고 어디로 갈 것인지? 먼 옛날의 선지자가 말하듯이, 때는 언제나 다 되고 또 언제나 다가온다.

어쨌든 시간 박물관이라고? 이런 추상적이고 사뭇 형이상학적인 이름의 박물관은 처음 아닐까? 그 준비에 참여했던 고등사회과학원 친구들의 냄새가 난다. 박물관이 너무 많다보니 그 이름도 튀지 않으면 주목받기 어려워서 짜낸 궁여지책일까? 아니면 시계산업을 뒷받침하는 첨단과학과 절실한 산학협동의 명분에 어울리는 그럴싸한 작명일까? 아니면 요즘 유행가가 된 '인문학적 상상력'에서 나온 것일까? 시간을 박물관에다 어떻게 붙들어매고 시간에서 구경거리를 끌어낼지 무지무지 궁금했다. 더구나 그 박물관은 과거의 브장송 미술관 일부와 통합된 것이라고 하니까. 이 미술관은 1694년에 즉 루브르 박물관보다 100년 일찍 문을 연, 명실공히 프랑스, 아니 유럽 최초의 공립미술관이지 않은가. 게다가 이 미술관에서 난생 처음 이집트 미이라를 보면서 몇천 년 세월을 아찔하게 어림짐작하며 몸을 떨었던 적이 언제였더라?

시간 박물관
시간 박물관

시간 박물관은 그랑벨 궁에 들어섰다. 1530년대에 지었다. 당시 신성로마제국 황제 카를 5세의 고문을 지낸 추기경의 궁이다. 그랑벨 추기경은 예술후원자로 브뤼겔의 걸작도 갖고 있던 유능한 미술품수집가였다. 그러니까 앞에서 말한 최초의 미술관도 바로 이 추기경의 소장품으로 시작했다. 그는 또 이 궁내에 조각가를 위한 공방도 마련했다. 요즘 지자체에서 예술가를 입주시키는 공공작업실 후원 사업의 가장 이른 모범이다.

전시실 분위기는 시간의 위엄만큼 엄숙하다. 그런데 스위스 박물관처럼 시계를 귀중품으로 다루지 않았다. 시계와 그 기계장치와 내부 구조를 해체해서 펼쳐놓았다. 그 진동수, 추와 심장과 원자와 전자, 석영(쿼츠)에서 발생되는 진동수를 체감하게 했다. 나노와 같은 극소화하는 기술의 세계도 소개한다. 그런데 어떻게 이 산골이 시계 산업의 중심지가 되었을까?

18세기 말에 시계 산업의 첫 번째 위기로 실업 사태를 맞은 스위스 사람들이 브장송으로 건너왔다. 바로 이웃이던 르 로클에서 오는 사람들을 프랑스는 환대했다. 이때 스위스 시계 도매상 로랑 메주방이 이곳에 부속품 공방을 차렸다. 시계산업을 융성하게 하려고 왕당파의 조력도 얻었다. 그가 나중에 스위스에서 모방하다가 재편하게 되는 하청식 분업을 개발한 장본인이다. 이후 브장송에서 시계 산업은 기틀을 잡아갔다. 정작 메주방 자신은 1798년 대혁명으로 파산했다.

700여 명의 스위스 시계공이 브장송에 한 세기에 걸쳐 정착촌을

건설했다. 만국박람회의 시계관을 주도했고, 1860년에는 학교도 세
웠다. 브장송에 공방이 400여 곳에 달했다. 1882년의 천문대(관측
소)는 정확한 시간을 알리는 데 기여하고 표준시각을 시청에 제공했
다. 19세기 말에는 대학에서도 시계 연구를 하게 되었다. 이렇게 시
계의 모든 학술적 기반을 다졌다.

그러나 1970년대의 위기를 생산구조 재편으로 극복한 스위스의
반격은 이 도시에 최대의 위기를 안겼다. 그렇다 해도 시계산업은 매
우 복잡한 분야가 얽혀 있기 때문에 버틸 수 있었다. 초정밀 기술을
집약하는 여러 분야의 기술개발과 공조에서 브장송의 저력이 있었
기 때문이다. 즉, 광학, 음향학, 동력학, 자동화 장치, 공기역학, 생명
공학 등 초정밀, 최첨단 과학의 지원과 협조가 있었다.

2002년에 개관한 이 박물관의 준비과정도 흥미롭다. 시계산업이
내리막길을 걷던 1980년대부터 '시간 박물관' 구상에 대한 학술적
연구를 인류학계에 맡겼다. 학자와 브장송 주민으로 박물관 개관준
비위를 구성했다. 그렇게 소장품 수집을 미리 준비했다. 우선, 150년
이상 시립미술관에 있던 손목시계, 괘종시계, 해시계, 모래시계와
1950년대부터 나온 시간측정 장치들을 모았다. 그다음에 회화, 판화
등과 시립역사박물관 산업분과에서 수집한 벽시계들을 가져왔다.
이런 유물의 확보 못지않게 '역사와 시계'를 잇는 주제가 문제였다.
이것을 결합하자면 참신한 개념의 '시간 박물관'이 적합해 보였다.
유럽연합과 시당국과 문화성의 지원도 따랐다. 지방개발성도 참여
했다. 이런 명분과 이름으로 유럽연합 자금의 지원도 받았다.

Le pendul
Un pen
toujours
plan
Ici, lors
aiguilles
ce n'est p
qui a tourn
donc

푸코의 추가 있던 자리에서 보이는 바깥

종탑 쪽으로 높은 위치에 푸코의 추가 흔들리고 있었다. 밖으로는 시가지 전체의 황갈색 지붕이 가을날 산정에서 보는 것 같다. 그 창밖으로 높은 부르고뉴 식 격자무늬 지붕 사이로 구불구불한 도로로 전차와 행인들이 지난다. 사방으로 트인 도시의 현기증 나게 깊고 공격적인 직선이 쫙쫙 갈라지는 단조로움에 비하면 그 구불구불한 모양도 친근하고 편안해 보인다.

그런데 푸코의 추처럼 흔들리며 돌아가는 세상과 멈추지 않는 시간 속에서 우리는 대체 무엇을 기다리며 살고 있을까?

"이 황무지에서, 시간이 북극성 아래 매머드들이 배회하는 외로운 발자취를 따라 흘러가던 때부터 기다려온" 그런 일을 누구나 간직하고 있을까? 이런 수백만년 전부터 또 앞으로도 끝없이 흘러갈 시간 앞에서 우리가 살아왔고 살아갈 시간이래야 한 올도 안 된다. 그래서 죽음의 저너머 세계를 영생이라는 지푸라기로라도 붙잡아보고 싶어들 하겠지.

하지만, 분명한 것이 있다. 더 좋은 시계를 찼다고 더 많은 시간을 살거나 더 뛰어난 발걸음을 놀리게 되는 것은 아니다. 시계를 자주 들여다볼수록 자신의 몸속에서, 몸을, 자기 자신을 움직이는 시계가 알리는 시각에 귀가 어두워지지 않을까? 그 경고음에.

시계는 소중한 '물신'이다. 나 자신이 살아서 움직이는 시계이니까. 시간이 곧 나 자신이니, 나의 분신이다. 시계만큼 인간적이고 인간 중심적인 물건이 있을까. 사람들끼리만 하는 약속 때문에 시계는 더욱 귀중한 예물이 되지 않았을까? 그렇다면 산골에 살던 사람들은 시간에 덜 쫓기면서 더 느긋하고 행복하지 않았을까? 황소와 무슨 시간 약속을 할 일이 있을라고! 해 떨어지면 별이 뜨고, 개구리 울고 나면 닭 울음소리 들릴 텐데.

　나도 이런 엄한 약속에 떠밀려 이곳에서 잠시나마 길게 느낀 시간을 보냈더라도, 다음 박물관을 찾아가겠지. 그래, 시인 알퐁스 도데의 노래처럼.

　　그렇게, 시간은 얼마나 짧은가

　　사랑하며 보낼 시간은

　　한순간도 못 되고

　　꿈보다 조금 길 뿐인데.

　　시간은 마술에 취한 우리를

　　깨우네.

빗과 플라스틱 박물관

친환경의 골짜기

빗과 플라스틱 박물관, 오요나, 프랑스

브장송에서 사람들을 붙잡고 물어볼 때마다 안다고 해도, 발음이 달랐다. '오요나'라고도 하고, '오요낙스'라고 어미까지 다 발음하기도 한다. 발음이 성가시든 말든 브장송 사람들의 그 활달한 성격에 조금 들떴다가 또 시간을 놓칠 뻔했다. 어디를 가나 사람과 인심이 우선이지만, 거기 홀리면 시간은 금세 시샘하며 토라져 달아난다. 달아나지 않더라도 내 몸이라는 시계를 망가트린다.

브장송에서 빠른 지름길을 수소문한 끝에 롱 르 소니에 행 기차를 집어탔다. 산간 지방에서 지도상의 거리와 실제 거리는 차이가 심하다. 롱 르 소니에 역에 가서 또다른 교통편을 알아보아야 한다. 오요나는 지금 고속철로 교체 중이어서 기차는 운행하지 않는다. 브장송에서도 이런 사실을 확인하기 어려웠다. 막연히 새 철도가 놓인다는 것만 알고 있을 뿐이었다. 대중교통은 전멸 상태로, 버스는 완전히 다른 방향인 동쪽의 부르크 앙 브레스 쪽에서나 연결된다. 참담했다.

롱 르 소니에 역에 내리자 택시가 대기 중이었다. 사륜구동식 '아우리'였다. 운전수는 대뜸 내게 어디 가려느냐고 물었다. 보기 드문 일이다. 잠시 어디서 걸려온 전화를 받더니 운전수는 합승을 제안했다. 근처에 사는 농민이 사고 나서 맡긴 차를 찾으러 가는 길인데 그 정비소가 나와 같은 방향이라고. 그렇게 정비소를 지나 저수지를 돌고, 점점 더 높은 산의 고도는 1500미터가량. 쥐라 산맥의 등성이들이 푸릇푸릇 겹쳐지고 있었다. 국립공원의 장쾌한 경관이다. 도로에는 노루나 동물의 출몰지를 알리는 게시판이 드문드문 지나간다.

법상치 않은 택시 합승

라디오에서는 자동차 번호판 변경 문제로 시끄러웠다. 내무장관이 번호판 체계를 몽땅 바꾸려고 국민을 설득 중이다. 운전수는 스피커를 가리키며

"멀쩡한 거 싹 바꾸라고 난리치고, 새 차부터 바꿔도 되겠구먼."

―어디나 똑같지요, 뭐. 그런 것을 바꿔야 떡고물이 떨어질 것 아닙니까.

"그렇고 말고! 유럽 통합되었다고 물가나 오르고, 다른 나라 핑계로 서로 엉뚱한 짓거리나 한다니까. 농민들은 아우성인데. 우유가 남아돌아 길바닥에 쏟아부으면서 프로마주(치즈)는 훨씬 비싸게 사다

먹고. 그런데 당신 팔자 좋수다. 거긴 왜 가시오?"

　-팔자는 무슨… 일 때문에, 박물관이 있다 해서요.

　"무슨 박물관?"

　-머리빗

　"아, 그 구석에 그런 게 다 있었나. 볼만할까? 아니 저쪽 골짜기 마을에 파이프, 담뱃대 박물관은 나도 가봤어요. 볼만하더라고. 상아도 있고 해적들이 빨던 것도 있고. 거기 극동 건가, 긴 담뱃대도 봤고, 아편 태우듯 하는 긴 모로코 물담배도 멋이 있더구먼."

　-사람들이 많이 찾아옵니까?

　"그럼요. 낚시, 사냥, 캠핑하러 북쪽에서, 여름에는 홀란드, 영국 애들이 많이 오지요."

　이렇게 입심이 좋은 백발의 운전수는 맨발로 액셀러레이터와 브레이크를 밟고 있었다. 말짱한데 고운 대리석 같았다. 내 눈길을 눈치챈 그는 이런 말을 했다.

　"내가 세계챔피언이었지요. 동계올림픽에서, 그르노블, 스키점프 금메달 걸었지."

　-언제요?

　"1968년"

　긴 고갯길은 강원도 수준이다. 그 밑으로 철길을 넘어 시내로 접어들었지만 표지판도 교차로도 보이지 않는다. 그래도 대충이라도 기억하던 주소와 행인을 붙잡고 물어 찾아간 곳에 아무리 보아도 그럴 싸한 건물은 없다. 달랑 '박물관(뮈제)' 이라는 작은 푯말 하나가 애매한 방향을 가리키고 그것이 가리키는 곳의 큰 현대식 건물에도 아무 간판이 없다.

우리는 시내를 두 바퀴나 돌았다. 그렇게 원점으로 '박물관' 앞으로 왔다.

트렁크에서 내 가방을 꺼내느라 길바닥에 내려선 그의 맨발은 희고 반듯했다. 군살이 박히거나 상처로 얼룩지지 않았다. 그가 자신은 맨발로 생활한다고 말했다. 그래서 건강한지 모른다. 그러니 신과 양발은 안 신을수록 좋다. 그렇지만 세상에 오물 천지인데 어떻게 그럴 수 있을까. 백사장이나 강가에 가서도 신을 벗기 두려울 만큼 위험한 병조각이 넘치는데. 행복한 것은 바로 그였다. 프랑스 동계 올림픽의 영웅 자크 루아도르, 다음에 다시 이곳을 찾아달라면서 핸드폰 번호를 남겨준다. 시간이 되면 같이 구경하면 좋겠지만 회사 택시니 돌아가야 한다며 아쉬워했다. 혼자 산다면서, 그래서 다음번에는 여자친구하고 같이 와보라고, 여기에서 예쁜 빗을 골라주면 좋아하지 않겠느냐고 했다.

야만 속에서 아름다움은 더욱 뜨겁다

이렇게 길을 헤맨 것은 박물관에서 나처럼 멀리, 아주 멀리서 관객이 찾아오리라고 예상치 못했기 때문이다. '오요나 빗과 플라스틱 박물관'은 이 고장 최대의 댐 E.D.F(수도국) 발전소 건물로 새로 입주하기 위해, 임시로 영화관, 도서실 등이 자리 잡은 문화센터 한구석에 들어 있었다. 그 건물은 발전시설이 1940년까지 가동하다가 전쟁 통에 아예 중단된 곳이다. 그러다가 1988년 근대문화재로 지정되었지만 계속 용도를 찾지 못하던 중에 이제 이 매력적인 오요나 박물관이 들어설 예정이다.

그래도 교실처럼 옹색한 대로, 사진과 기록 자료며 전설적인 유물을 잘 갖추어놓고 있었다. 전 세계의 빗들도 조목조목 작은 플라스틱 상자에 정리해 벽에 걸었다. 서아프리카 나무빗은 크고, 조각처럼 장식도 변화무쌍하다. 우리나라 것은 딱 한 점, 가는 머리핀이다. 그런데 17세기 아프가니스탄의 빗은 우리의 얼레빗이나 참빗과 똑같아서 처음에는 우리 것으로 착각했다. 북아메리카 인디언의 것으로, 매머드의 상아를 깎은 것도 있었다. 시베리아 몽골 여기저기서 발굴했던 매머드는 지금까지 알려진 것만 해도 수만 마리 분이 넘는다. 이 고대의 영물은 징기스칸의 후예로서 킵차크 한국을 통일한 13세기의 오르다 칸이 앉던 왕좌王座의 재료가 되기도 했다.

양각으로 두툼하게 손잡이 조각상을 새겨 넣은 아프리카 빗의 아름다움에 고개를 절레절레 흔들 수밖에. 야만은 문명의 기준일 뿐 아름다움은 야만 속에서 더욱 강렬하고 뜨겁다. 코트 디부아르에서 이런 조각을 하던 예술가들은 옛날 부족생활을 하던 시대의 근엄한 신상의 자리에, 신사복 차림의 서양 식민지 주민을 붙였다. 못되고 야비한 주인에 대한 경멸이나 증오감은 느껴지지 않는다.

어떤 야만 상태에서도 미의 위신은 단 한 번도 땅에 떨어진 적이 없다. 영원한 오뚜기처럼 일어선다. 아프리카 여인들뿐 아니라 모든 여성, 모든 인간이 아름다움의 절대성을 부인한 적이 없다. 아름다워지고 싶어 하는 본능과 욕망이 여성만의 것일까? 어느 시대, 어느 사회에서도 미의 여신을 섬기지만 아름다운 '여신'이 진정한 숭배의 대상은 아니다. 여신의 '아름다움'이 중요했지. 아름다움은 숭고한 도발이니까.

아름다움의 화신으로서 예술은 누구나 그 말만 들어도 좋아하는 긍정적인 것이 되지 않았을까? 물론 직업적으로 예술가가 되는 것만 아니라면. 직접 하는 것이 그만큼 어렵기 때문에 어느 시대, 어느 사회에서나 예술가라면 번번이 부모와 갈등을 겪곤 했다. 절대적이고 숭고하고 아름다운 일이지만, 그 만큼 오르기 힘든 산이니까.

십제품이 바로 납품되는 '살아있는 박물관'

실물은 없지만, 이곳의 기록을 보면 빗은 원래 양털에서 실을 짜내려는 기계식 빗과 마찬가지로 털실을 빗는 데 쓰였다고 한다. 그 기원전 8400년의 유물이 시리아 박물관에 있다! 재료는 흑단을 비롯한 목재 외에 셀룰로이드, 상아, 뿔, 거북등껍질, 닥종이, 청동, '갈랄리트'라는 셀룰로이드 수지, 합성수지 등 엄청나게 다양하다. 여기에 동양의 건칠(옻나무 수지를 입힌)과, 보석과 금은 등 귀금속이 추가된다.

요즘 여성들이 즐기는 머리띠나 집게처럼 생긴 비녀식으로 꽂는 핀 등을 개발해 전 세계에 유행시킨 작가들이 있었다. 르네 랄리크, 폴과 앙리 베베르 일가, 뤼시앵 가이야르 등 지난 세기 전반에 프랑스 빗의 산업화와 보급에 크게 기여한 거장들이다. 이들의 작품은 1900년의 파리 만국박람회에서 '하이 패션'의 대중화를 일구며 세계 시장을 개척했다. 이런 값싼 소재로 명품을 빚은 프랑스 빗은 아메리카 대륙과 유럽의 왕실, 주요 극장에서 연극 소품을 집중적으로 공략해 유행을 선도할 수 있었다.

클레망 주아야르, 오귀스트 보나는 검은 색채에 스카프만 하게 큰 빗으로 독특한 검은 색채의 신천지를 열었다. 이 명품은 에스파냐 식으로 말하면 '망티유'다. 1955년에 명장에 오른 르네 슈바쉬는 우리 백화점이나 시장 매장에서도 볼 수 있는 갈색에 섬세한 보석알을 박아 넣은 뿔로 만든 빗의 걸작들을 내놓았다.

빗과 플라스틱 박물관

플라스틱 제품은 거의 폭발한 것처럼 다양하다. 완구들과 푸조 자동차의 부품들, 소방기구나 헬맷, 수많은 가전제품의 부품들, 컴퓨터, 전화기 등 통신기기의 자판 등 끝이 없다. 의자와 조명, 가구 등과 산업 현장에서 사용되는 것, 가정용품, 건자재도 보인다.

전문지식이 없으니 무엇이 좋은 제품이고, 이 골짜기에서 방대한 수익을 올리게 하는 것인지 알 길은 없다. 그래서 큐레이터에게 가장 자랑할 만한 첨단 제품이 무엇인지 물었다. 그녀는 어디론가 사라지더니, 계란 한 줄 넣은 포장용기를 가져왔다. 투명하다. 이것이 친환경 제품으로 개발된 히트작이다. 인체에 해로운 색소를 사용하지 않고 무공해, 재생용 제품의 상징이다. 이 도시는 지금 도시락이나 음식 용기를 중심으로 한창 신제품 개발 중인데 반응도 좋다고 한다. 이렇게 항상 물어보아야 한다. 문 닫을 시간이 안 되었다면 더욱 흥미진진한 첨단 제품의 이야기를 들을 수 있었을 것이다.

이곳 산업체에서 개발한 제품도 일종의 방대한 아카이브, 자료창처럼 박물관으로 곧장 시제품 납품하듯이 들어오니까, 오요나 박물관이야말로 살아 있는 박물관이었다.

복도 한켠에 마련된 판매용 제품 진열장을 한 부인이 뚫어져라 들여다보고 있었다. 잠시 들여다보니 값이 엄청나다! 너무 싸다는 뜻이다. 서울에 비해서 너무너무. 이런 것이 비행기를 타고 관세를 물고 나면 그렇게 비싸지는데, 그래도 여자들은 미의 신앙심이 깊으니까(흔히 말하듯 허영심이나 허세는 남녀 문제가 아니고 사람이면 다 있는 것이니까), 미의 제단에 헌금하는 셈치고 구입하는 것이 아닐까.

그래도 이 정도로 서울에서 가격이 과장될 줄은 몰랐다. 여자들이 이 곳을 찾는다면 펄쩍 뛰겠지!

오요나에 빗 공장이 들어서고 빗과 머리꽂이로 세계 시장을 석권하게 된 데는 오랜 전설이 있다. 7세기의 일이다. 위대한 다고베르 왕의 아들 클로비스 2세가 부르공드 왕국의 수도이던 주네브를 방문했다. 이때 그곳에서 노예로 잡혀왔던 작센 왕의 공주를 만나 한눈에 반해 청혼하게 되었다. 다고베르 왕은 네오도가리우스를 특사로 삼아 주네브로 사절단을 파견했다. 특사는 임무 수행을 무사히 마쳤지만, 이 험한 오요나 계곡을 지나던 귀국길에 가마가 길을 잘못 접어들어 계곡으로 구르는 바람에 크게 다쳤다. 오요나 사람들은 이들을 급히 구해내고, 병구완을 하고, 가마도 수리해서 선물도 한 보따리 안겨 특사는 무사히 파리로 귀환할 수 있었다. 이 선물 보따리에 이 산골의 단단한 나무(회양목)로 만든 파이프며 머리빗이 들어 있었다. 그렇게 혼인이 성사되었다.

훗날 주교가 된 네오도가리우스는 그 사은의 뜻으로 이 고장에 왕립 빗공방을 세워주었고, 그 물건을 납품하게 했다. 즉 일종의 군납이었다. 프랑크 병사들의 헝클어진 머리를 단정하게 빗도록 빗을 필수 휴대품으로 지정했다. 병사도 보무가 당당하고 용모가 단정해야 한다. 꾀죄죄한 적의 기를 꺾자면 첫인상이 번듯해야지! 이렇게 해서 오요나는 빗에 관한 한 가장 우수한 생산 기지가 되었다. 순박하지만 요새처럼 험한 산세의 보호를 받으며, 독립심도 강한 이곳 사람

빗과 플라스틱 박물관

들은 왕정시대에도 공화제로 살았고, 지지난 세기 초에는 공산주의, 2차대전 중에는 레지스탕스의 가장 완강한 근거지였다.

오요나 계곡에서 부르크 앙 브레스로 몇 고비를 넘어가는 산줄기는 그야말로 첩첩산중이다. 그러니 정변과 난리가 났을 때마다 망명객들이 애용했을 만하다. 골짜기와 들판마다 너도밤나무와 송림이 우거지고 고개는 높이 오를수록 장쾌하다. 사람들이 이 세상이 시작된다고 믿기 좋아할 만한 샘과 계곡이다. 세상의 기원을 찾는 사람들의 상상도 자극한다. 그래도 이따금 머무는 고갯마루와 길모퉁이에서 저녁나절의 붉은 햇살에 눈살을 찌푸리고 몸을 꼬고 앉은 남루한 차림의 청소년들은 외롭고 우울해 보인다. 초저녁마다 목이 마르는 병에 걸린 슬픈 산짐승처럼.

100년도 더 전에 이 길을 지나며, 영국 소설가 헨리 제임스는 사진을 수집하기도 했다. 그런데 이 소설가도 돌에 대한 관심은 다른 영국 작가들 못지않게 유난스럽다. 돌집이 많은 환경에서 자라고 공부하고 살았기 때문에 그럴 것이다. 게다가 영국과 프랑스의 얽힌 역사만으로도 이야기를 술술 풀어낸다. 그러니 그런 연고도 없고, 황토 초가집이나 벽돌집, 아니면 기껏해야 콘크리트 집에 사는 나 같은 사람은 어쩌라고…. 우리 여성들이 이곳에서 만든 머리집게라도 꽂고 다니지 않았다면 화젯거리가 좀 궁색했을까? 아무리 경치가 훌륭하더라도!

투르네

약초 키우는 박물관

오스피스 콩테스 박물관, 릴, 프랑스

릴은 '유로메트로폴'이라고들 한다. 베네룩스와 프랑스, 영국을 잇는 교통 요지에 자리 잡은 광역시이기 때문이다. 릴은 고속철의 혜택을 가장 크게 누리고 있다. 이 대륙을 다니다보면 작은 비행기를 이용하지 않는 이상 이 도시를 자주 지나게 된다. 그러다가 울며 겨자 먹기로 시내를 들르게도 된다. 사연은 이렇다. 전 유럽 고속철의 나들목으로서 새 역을 짓고, '유로릴'이라는 이름을 붙였다. 국내선 구역은 '릴플랑드르.' 문제는 이 두 역에서 환승은 종종 불가피한데, 열차가 연착하지 않고 정시에 도착하더라도 그 환승 간격이 10분에 불과하다. 긴 교량으로 연결되는 통로에는 빠른 교통수단이나 연락선—공항에서는 나베트라고 한다—도 없다. 그리고 그 플랫폼은 좀 길고 먼가! 장거리 여행자들은 무겁고 큰 가방을 끌기 마련인데 열차를 놓치고 허탈하게 또는 망연하게 서 있는 사람이 부지기수다. 걸음이 느리고, 현장에 익숙지 못한 사람들은 99퍼센트 놓친다. 공공연한 함정이다.

그런데도 이런 짧은 환승 간격을 고치지 않는다. 한가하다면야 릴의 구수한 맥주를 한잔 하고 쉬다 가라는 은근한 배려라고 생각하면 되겠지만 그런 사람이 몇이나 될까.

20년도 더 거슬러 베를린 장벽이 무너지기 전에 오리엔트 특급을 타고 피렌체로 가는 길에, 곤히 잠들었다가 밀라노 환승역에서 겪게 되었던 일보다야 덜 악몽이다. 객차가 분리된다는 사실을 깜빡 잊었다거나 시내의 뚝 떨어진 다른 역에서 갈아타지 못한다면, 아침에 흑해 연안의 부쿠레슈티에 떨어지게 되니까! 아무튼.

두 역을 잇는 교량 한쪽에는 거대하고 알록달록한 인조나무 한 그루가 서 있다. 대도시마다 포스트모던 작가들이 마술사처럼 뻥 튀기는 괴상한 나무다. 야채와 과일과 꽃을 원색으로 뒤섞은 조형물이다. 억지로 눈길을 끌고 관객을 만들어내려고 거금을 들여 키우는 작태는 공공미술은커녕 또다른 공해다. 나무 한 그루가 아쉬운 지금, 합성재료로 이런 '정크 아트' 작품을 만들어내니 재활용을 하고 산업화의 부작용을 고발하겠다는 취지가 무색하다. 인공 수지로 도시에 꼴불견을 추가하니…. 그러니 많은 사람이 사막을 그리워하고, 황량한 벌판에서 나무 한 그루를 심고 물을 주는 설화에 목말라 한다.

'그래, 이번에는 자진해서 들러주마. 진보적 성향으로 근래에 한 번도 우파에 정권을 넘겨준 적이 없는 너희 도시에서 박물관도 그만큼 미래 지향적인지 확인해주마!'

과거, 대규모 광산과 중공업 산업단지인 이 도시에서 문화적 혜택
은 다른 지역에 비해 열악했다. 릴 플랑드르 역은 그 맞은편 레스토
랑과 맥줏집과 호텔이 들어선 건물들이 플랑드르의 것처럼 오종종
하게 지붕 모서리를 꾸미고 곡선 장식을 둘러 벨기에 어디쯤 와 있는
것이나 다름없다. 크림소스 얹은 흰살생선찜, 홍합 감자튀김이나 맥
주를 주로 마시는 것까지도.

이 공업지대에서 1980년대 사회당 집권 이후 문화에 투자한 효과
도 뚜렷하다. 벨기에와 나란히 국경을 마주한 지역에서 많은 기간산
업체가 문을 닫았지만 무인궤도열차, 공원화한 현대미술관, 실내 수
영장미술관, 어린이 박물관 등 진보적 정책을 반영하는 성과들이 나
왔다. 그중에서도 국립고문서보관소 분실로 20세기 산업 자료만 전
담하는 아카이브는 훌륭하다. 노조와 기업과 근로자의 자료를 망라
한다. 기업의 장부를 비롯한 경제 사료, 건축 청사진과 도면 등은 세
계 최고 수준이다. 고지도는 베르사유 컬렉션을 제외하면 특급이다.

기업이나 법인은 폐업하면 그 활동 자료가 대부분 쓰레기통으로
가거나 유실되기 쉽다. 그 문화사적 자료 가치야 말해 뭐할까. 공부
하는 사람만이 아니라 소설이든 시나리오를 쓰든, 허구적인 창작에
도 일터의 모습과 그곳에서 벌어졌던 일을 기록으로 남기고 보관하
는 일은 흔치 않다. 직장이야말로 농경사회에서 살지 않는 우리가 대
부분의 시간을 보내는 생활 터전인데, 나중에 철저히 외면당한다. 행
사 같은 것의 테이프커팅 장면이나 사진으로 남아 있을까? 큰 사건
이 터진 파업 현장 같은 것 외에 보통 직장의 일상적 업무와 복지의

오스피스 콩테스 정문 앞

자취는 여간해서 남지 않는다. 어쩌면 병영생활의 기억만큼도 남지 않았을지 모른다. 그런 것을 수집하고 있으니 아카이브로서 매우 전향적이다.

반면에 수영장미술관은 신통치 않다. 사람들은 북적대고 즐거워한다. 하지만… 조금 심하게 말하자면 우리네처럼 물이 좋은 나라의 사우나탕 같다고 할까. 고대의 나상들이 풀장 주변에 도열한 자태를 보자. 시공을 뛰어넘어 어디에서든 예술품을 즐길 수 있다는 발상은 과대망상까지는 아니더라도 설득력이 없다. 어떤 물건이든 어느 정도는 제자리가 있는 것 아닐까? 고속도로 휴게실 화장실이나 변기 위에 붙어 있는 진지한 예술사진 같다. 개성과 품위를 중시하는 예술작품이야말로 그것이 놓일 적당한 자리에서 벗어나면 해괴해진다. 앙드레 말로의 상상박물관처럼, 시대와 지역을 초월한 자리에서 서로 비교할 수 없는 것들에 똑같은 잣대를 들이대며 음미하고 평가하려는 태도와 비슷하다.

괴물들의 천국

오스피스 콩테스 박물관은 릴 시내 구시가지에 있다. '뤼 드 라 모네'라고, 멋쟁이들이 드나드는 옷가게와 고급 식당이 운집한 곳이다. 13세기에 릴의 영주이던 여걸이 세운 병원을 박물관으로 개조했다. 릴 의과대학 소유였다가 1962년부터 박물관이 되었다. 그래서 병원 부속 박물관답게 후원과 안뜰 몇 곳의 화단은 약초밭이다. 굵은 바늘이 돋은 로즈마리, 잎이 손바닥만 한 세이지 등 알아볼 수 있는 것들도 있지만 대개는 어려운 학명을 붙여놓은 이름 모를 풀들이다.

현관은 식당 자리다. 플랑드르식의 타일로 벽을 완전히 채웠다. 보기 드문 사례다. 코발트 물감으로 손으로 일일이 그려넣은 물고기와 바다 괴물이 빼곡하다. 네덜란드에서 보지 못한 것들이다. 외뿔 달린 해마, 고래, 해룡이 보인다. 이런 괴물들은 우스꽝스럽기도 하지만 무슨 맛일지 입맛을 다시게도 한다. 해룡은 물텀벙을 닮았다. 장어와 농어를 즐겨 먹는 고장이니 이놈들도 우리 연안에서 잡히는 놈의 먼 친척이겠다. 꼬리를 치켜 올리고 파도 무늬 위로 뛰어오른 큰 물고기는 우리 민화 속의 잉어와 영판 닮았다. 삐친 지느러미에 무서운 이빨을 드러내고 아가리를 쩍 벌린 생 피에르(베드로가 잡았다는 물고기로 간주하는)는 제주에서 최고로 치는 다금바리 인상이다. 이런 생선들이 검붉고 둔중한 찬장과 그 위에 놓인 놋쇠 주전자를 배경으로 시원하게 펼쳐진다. 주전자 꼭지는 황새 주둥이 형태였다.

빨래방, 약방, 다락방, 책방 등은 그대로 과거의 용도에 걸맞은 소장품으로 채웠다. 별자리의 상징 동물을 그려 넣은 천구天球 세 점도 놓여 있다. 이전에 릴 미술관에 있던 것을 대여해놓았다.

아래층에서 시시덕대던 직원들은 물건이나 지킬 뿐 아무것도 모르는 근무자들이다. 위층을 지키던 청년은 미술사학도로 현장 실습 중이었으니 말이 통했다. 릴의 미술관에 있던 소장품의 내력에도 환한

오스피스 콩테스 박물관

오스피스 콩테스 박물관

오스피스 콩테스 박물관

것 보니 공부를 착실히 한 것이 분명했다.

위층 마루 한가운데 철창처럼 엮은 구조물의 기이한 형상들 때문에 우리 이야기는 더 재미있게 되었다. 성당 까치발이나 기둥머리 장식들이다. 정작 성당에서 화재에 종종 타버려 귀하디 귀한 목조들이다. 중세 내내 크게 번창했지만, 망측한 이미지를 성당에서 몰아내려 하던 경건한 수도사들과 또 근대에 거듭된 정치적 소요 속에서 살아남지 못해 더더욱 귀해진 것들이다. 그나마 석재는 살아남은 것이 있지만 나무로 깎은 것은 매우 드물다. 책에서나 보았고 꿈속에서나 보게 될 기상천외한 이 존재들을 이곳에서 만날 줄이야!

이런 우의적 조각은 기둥머리와 까치박공 등에 붙이거나 천장에 매달고 했었다. 건물 구조에 형태를 짜 맞춰 넣다보니 이상하게 왜곡되었다. 액운을 예방하거나, 인간의 어리석고 미련한 행실을 유쾌하고 신랄하게 풍자하는 이 조각상들은 곱사등이도 아니고 앉은뱅이도 아닌 어정쩡한 인간상이다. 목에 돈자루를 두른 인물은 인색함을 상징한다. 부정하고 음탕한 여인에게는 그 가랑이 사이로 짐승이 달려든다. 징그러운 용에 물어뜯기는 사내도 있었다.

이런 목조에서 인간은 돼지, 여우 등 더럽고 영악하게 여기는 동물에 비유된다. 그런데 직설적으로 언질하지 않고 이렇게 에둘러서 하는 훨씬 인간적인 방법이 요즘에는 크게 줄지 않았을까? 그런 역할을 대신하는 매체와 연예인이 늘어나면서 악역을 맡아 애꿎게 손가락질 받는 가엾은 사람이 한둘이 아닐 것이고.

모두 익명의 조각가 집단의 작품이다. 수 세기 동안 대성당 건축에

서 여기저기 옮겨 다니며 공동생활 하면서 작업하던 부르고뉴 목조
각가들의 활동과 명성은 자료도 연구도 부족하다.

역사의 현장에서 '일하며' 살았던 사람들

부르고뉴 공국 조각가들처럼 철저한 규율과 엄격한 도제생활로 여
러 분야에서 큰일을 하고 걸작, 명품을 남긴 '콩파뇽'의 활약과 집회
자료도 있다. 창가에 각광을 비춰 세워둔 높은 조합 깃봉이다. 콩파
뇽은 일종의 직인조합인데 동료라는 뜻이다. 목공, 석공, 활판인쇄
공, 제지공, 직물공, 피혁공, 금은세공, 마차 제조공, 주물공, 악기 제
조공…. 헤아릴 수 없이 많은 분야의 전통 공예와 명장의 전통을 지
키고 있다. 그러니까 콩파뇽 자체가 명가名家 조합이다. 뉴욕에 기증
한 자유의 여신상도 이들의 참여로 완공되었다.

여기 가입한 청년들이 거장의 자격을 따려면 프랑스 일주, 요즘 자
전거 경주를 이르는 것과 같은 이름의 순례를 해야 한다. 그러면서
각 지역의 거장과 또 생활을 도와주는 '할매집'에 기거하면서 수련
을 쌓는다. 그래서 이런 민간의 자율적 숙소를 유스 호스텔의 원조로
보기도 한다. 이들은 괴나리봇짐을 작대기에 꽂고 어깨동무한 동료
들과 방방곡곡을 누비며, 명품을 만들게 되는 그날까지 방랑생활을
하던 역사상 가장 건전한 보헤미안이다! 이런 낭만과 현실이 극명하
게 맞물린 조직생활을 견뎌낸 청년들의 의지와 솜씨에서 프랑스의

오스피스 콩테스 박물관

명품이 쏟아져 나왔다. 벽면에 걸린 초상화도 걸작이다. 프랑스로 흡수되기 전의 부르고뉴 르네상스를 이끌었던 역대 공작들을 판자에 그린 플랑드르 풍의 초상이다. 특히 직역을 하면 좀 어색하게 들리기도 해서 갑론을박이 벌이지기도 하는, "말없고, 무모하고, 대담하고, 착하고, 잘생긴" 공들이다. 그들이 걸친 가톨릭 군주들의 결사, 황금 양털 목걸이와 묵주가 선명하다. 침묵공, 무모공, 대담공, 선정공, 미남공이다.

오스피스 콩테스는 박물관의 역사에서 특별히 주목할 만하다. 이곳의 개관이 민중생활과 전통을 지키는 박물관 운동의 신호탄이 되었기 때문이다. 조르주 앙리 리비에르(1897~1985)가 그 일등공신이다. 박물관 세계에서 "진열장의 마술사"로 통하던 리비에르는 박물관에 미친 사람이었다. 전통생활사 박물관을 국가에서 짓고 관리하도록 운동을 펼친 선구자다. 국제박물관협회ICOM를 조직하고 그 보급운동도 주도했다. 민속박물관의 차원을 높여 인류박물관으로 개편하기도 했다. 인류박물관은 '케 브람리'라고, 지금은 전직 대통령 친구의 소장품으로 채운 민속예술박물관이 되어버렸다.

리비에르는 환경운동과 결합되고 여러 분야가 협력하는 '벽 없는 박물관', '자연 속의 박물관' 운동도 이끌었다. 그가 두 차례의 세계대전과 급격하고 방만한 산업화로 사라지던 전통생활상을 보존하려 하지 않았다면 그나마 이만큼이라도 남아난 것이 있을까. 어쨌든 박물관이 늘어난다는 것이 반드시 즐거운 일만은 아닐 수도 있다. 우리가 잃어버리는 것이 그만큼 늘어났다는 뜻이니까.

우리는 교수나 외국어 전공자가 해외정보를 주로 다루다보니, 학자나 저술가에 대한 정보는 그럭저럭 상당하다. 하지만 진열장의 마술사든 콩파뇽이든 실제로 역사의 현장에서 일하며 살았던 명장과 거장, 뛰어난 '일꾼'에 대한 정보는 극히 미미하다. 이런 불균형은 심각하다.

릴에서 저녁과 밤에도 많은 것을 보았다. 과연 광역시였다. 며칠 일정으로 릴의 박물관을 둘러보기는 어림없는 일이다.

그다음 날 고대생활사를 복원했다는 '아케오시트'를 찾아가려고 새벽에 역으로 나갔다. 아는 사람 하나 없는 곳인데 반기는 청년이 있었다. 이전보다 부쩍 멀쩡한 남녀노소 가리지 않고 하도 담배와 동전을 구걸하는 사람이 많아 나도 모르게 주머니에 손이 갔다. 새 정권이 들어서고 나서부터 역 앞에서 죽치던 사람들은 말끔히 사라졌다. 이들을 청소하고 추방하는 데 드는 사회적 비용이 그냥 살게 내버려두는 것보다 더 든다는 사뭇 영악한 계산으로 이주민 정책을 비판하는 발언도 심심치 않게 들렸다. 불행했던 식민지 역사의 업보일 수밖에 없는 일인 데다, 더구나 불법 취업자의 저렴한 노동력을 활용하면서 그들을 홀대한다고.

그런데 접근해온 청년은 혀가 꼬부라지지도 않고 말쑥했다. 한 친구는 곁에서 쑥스러운 듯 감히 나서지 못하고. 밤새 인생 토론을 하다보니 담배가 딱 떨어졌다고. 가게는 아직 열지 않고, 프랑스에는

담배 자판기가 없다. 우리는 셋이 함께 밤을 지새우기라도 한 듯 정
답게 둘러서서 깊고 긴 연기를 뿜었다. 새벽안개 속에서 연기는 유난
히 푸르게 교태를 부리며 흐느적거렸다.

　아직 첫 기차 시간까지 10여 분 여유가 있었다. 자동 솔질하는 청
소차의 굉음과 쓰레기통 집어던지는, 쿵쾅거리는 소리가 들려온다.
그 짱짱한 성당 종소리는 다 어디서 졸고 있을까? 새벽잠을 모르던
종지기는 모두 어디로 갔을까?

　오베시를 향해 투르네 행 새벽 첫차에 올랐다.. 역을 지날 때마다
차츰 승객도 늘어나고 마침내 자리가 찰 때쯤이면 내리게 되겠지.
　짙고 두터운 안개 굴속을 뚫고 달리는 새벽 열차는 상쾌하다. 부족
한 잠에도 일터로 가는 사람들이 커피를 마시거나, 노트북 자판을 두
드리거나, 신문을 읽거나, 벌써 하루 일을 시작하거나 준비하느라 분
주하다. 야간열차나 야간비행처럼 피곤과 짜증에 지쳐 나자빠진 사
람은 없다.
　안개가 차창을 휘저을 때마다 나뭇가지와 뭉개진 숲과 들은 잠깐
씩 치마폭처럼 펄럭인다. 그 틈새로 온통 푸르고 신선한 것뿐이다.
비록 스쳐갈 뿐이라 해도.

박물관 문기둥

아케오시트
APOLLINI
LIBENTIO
V·S·L·M
M·VEGISONIUS
MARCELLUS
DICAVIT

5천 년의 촌村

아케오시트, 오베시 빌뢰유, 벨기에

　오베시 직행편이 없어 투르네에서 갈아탔다. 투르네에서 크루아상으로 아침을 때우는데, 버터가 제대로 녹아들어 퍽퍽하지 않고 오래간만에 달게 먹었다. 지난번 투르네에서 헛걸음을 했던 아쉬움도 싹 가시는 듯했다. 투르네 양탄자 박물관의 명품을 보러 갔었지만, 그것들은 모두 브뤼셀로 보내졌고 공방과 연구실만 남아 있었기 때문이다. 이런 사실을 공지하지도 않고, 여전히 지상 최고의 양탄자들을 보유하고 있다는 식으로 홍보하고 있었으니…. 학예사도 나타나지 않아 같은 시내에 있는 생활사 박물관 학예관에게 어찌 된 일인지 확인을 부탁한 끝에, 이 학예관이 전화를 걸어 수소문한 후에야 뒤늦게 문을 열고 저간의 사정을 들려주었으니까. 인터넷에 떠도는 정보는 믿을 것이 못 된다.

오베시는 제일 아름납다는 농촌 구석에 있다. 지금은 이 농촌에 붉은 '텍사코' 주유소들이 들어서 있어 맥주 간판마저 없었다면 미국 서부의 한 촌구석으로 들어서는 느낌도 들었을 것이다.

그래도 얼마 가지 않아 유채밭이 네모반듯한 건물들 사이에서 눈부시게 펼쳐져 제주도 오름이 눈에 선하다. 안개가 곱게 깔린 아침의 초록 들판과 사탕무밭. 펄럭이는 빨래와 말을 글경이질하는 여인 앞에서 농촌은 새삼스레 달라 보인다. 여행 중에 농촌에 들어서면 썰렁한 곳이라도 마음이 놓인다. 그렇지만 세련되게 가꾼 곳이라도 도시에 들어서면 우선 긴장부터하게 된다.

농촌에서 풍경은 겸손하게 이웃과 어울린다. 야하게 눈을 끄는 도시의 페인트 숲이 아니다. 농촌은 부드러운 중간색조가 그윽하다. 그러다가 들판 가까이 길모퉁이에서 작은 꽃—수레국화나 과꽃처럼 아주 작고 민들레 같은—을 들여다보면 제 빛깔을 낸다. 하지만 이런 강렬한 색도 불현듯 몰려오는 안개와 바람, 구름 그림자와 비바람에 묻힌 대기의 계조를 깨지 못한다. 만물의 색상은 뿌연 대기 속에 숨은 반면, 농촌에서 빛깔은 '빛의 삼원색' 처럼 무지개 색상으로 녹아들다가 자연의 일부로 환하게 밝아진다. 그런데 도시에서는 화려한 색채가 회색 대기를 누르고 튀어나온다. 빛은 '색의 삼원색' 처럼 섞이면서 검어지는 불길한 소용돌이에 휩쓸린다. 세상은 점점 어두워진다.

부슬비라고 할까, 가랑비라고 할까. 애매하게 등을 적시는 비를 맞

으며 오베시 아케오시트에 입장했다. 매표소와 함께 든 목재 가옥 매
장의 쇼윈도가 어색하다. 수천 년 전으로 거슬러 올라가는 체험장의
시작치고는. 그래도 신라 토기를 닮은 회색 토기와 주석과 구리 장식
품은 쓸 만해 보였다. 아케오시트는 사람이 이 땅에서 처음 농사를
짓던 시절부터 로마 식민지 시대까지 5000년간의 문명을 체험해보
도록 선사와 고대의 부락을 재현한 특이한 '야외 박물관'이다.

초입 오른쪽으로 호수가 보인다. 오리와 물새들이 퍼덕이며 반기
고 버드나무가 듬성듬성 머리를 담그고 있다. 촌으로 들어서는 오솔
길에 선사시대 거석이 솟아 있다. 여기저기 파인 웅덩이에는 짐승의
해골이 거름과 함께 나뒹군다.

싸리나무 담장과 약간 높인 울타리 겸 둔덕을 경계로 바깥 들판에
서 얼룩소들이 안개 사이로 자연주의 화파의 그림 속을 거닐 듯이 오
락가락하며 풀을 뜯고 있었다. 어떤 놈은 무중력 상태에 뜬 몸짓으
로, 웅장한 슬로우 모션으로 다가왔다. 울타리는 온통 밤송이들이 출
렁대며 떨어지거나, 복분자 송이가 아직 붙어 있거나, 보랏빛 나팔꽃
과 노란 나리 송이들도 입을 벙긋대며 튀어나오곤 한다. 쫓아다니는
시커먼 불독과 친해질 수도 없고, 이곳저곳 기웃거리다 보면 어느새
능금이 굴러다니는 또다른 밭이다.

안마을로 접어드니 견학 온 어린이들이 나보다 먼저 와서 해설하
는 학예사의 말을 듣고 있었다. 나도 그 꽁무니를 따라 집집마다 기
웃거리고, 아이들 놀림도 받고, 사진도 찍었다. 장작더미와 낮은 추

녀와 지붕과 벽에 곰팡이가 퀴퀴하다. 금세라도 혀를 빼문 귀신이 나올 듯하다. 집집마다 회벽에 수레바퀴들을 기대놓았다. 바퀴살 12개짜리인데, 숟가락처럼 바퀴도 얼마나 오래 같은 것을 사용했는지.

가옥과 건물의 문간 위 높은 곳에는 흉측한 가면상이 붙어 있다. 수호신이다. 우물터와 놀이터도 있다. 그 자리 한쪽에는 작은 철제 진열창에 거기서 사용하던 물건들을 집어넣고 세워두었다. 영감님과 할머니, 아저씨, 아주머니들이 집 안이나 공방을 지키고 있다가 우리가 들어서면 시연을 해 보였다. 납을 녹이고 모루에 대못을 두드리고, 방아를 찧고 그릇을 빚는다.

우리는 할아버지가 나무를 돌려 한참 연기를 피우다가 마침내 불꽃이 타올랐을 때, 아! 와우! 하면서 한꺼번에 불을 처음 발견한 원시인의 기성을 지르며 환호했다. 손도 치켜들어 흔들고, 엉덩이도 실룩대면서. 우리는 그냥 그 불길을 너무너무 좋아했다. 이렇게 마을을 지키는 이들은 옛사람의 '무기'가 손과 손톱과 이빨에서 자갈, 숲의 나무에서 꺾은 나뭇가지가 되었다가, 불을 알고 나서 청동과 철을 쓰기 시작하던 시절로 우리를 데리고 돌아다녔다.

토기를 굽던 터의 가마들은 무쇠솥처럼 평퍼짐한 것이 여러 개 횡으로 늘어서 있다. 떨어질 듯 붙어 있는 문짝은 이음새와 경첩이 엉성하다. 하지만 그 우둘투둘하게 끌로 쪼아낸 문짝은 구수하고 담백해서 오히려 현대적이다. 굴처럼 비좁고 울퉁불퉁한 집 안에는 여자들이 평직물을 짜는 베틀과 투박한 식탁이 있고, 그 한구석에 화로나 점토를 쌓은 벽난로가 붙었다. '뒤플렉스' 식으로 아니면 성당에 높

아케오시트

아케오시트

아케오시트

인 연단처럼 실내는 복층식이다. 그 복판은 무쇠냄비가 걸려 있는 부엌이다. 콩죽이나 밀죽을 끓이던 곳이다. 벽에는 빨랫감과 광주리들이 걸렸다. 아래쪽에는 고리짝이 붙어 있고 그 사이로 거적때기가 깔린 바닥에 짚으로 짠 아기 의자가 놓여 있다. 이 작은 의자 하나로 어두컴컴하고 음습하던 실내에 온기가 돈다.

농기구는 어느 집이든 광처럼 붙은 곳에 가득하다. 흙덩이를 뒤집도록 움직이는 쇠판이 붙은 쟁기, 여러 사람이 줄을 당기는 가래, 도리깨와 대나무로 만든 써레, 짤막하고 묵직한 작은 괭이는 우리네 농사에서 쓰던 것과 다름없다. 우리 인간에게 주어진 재능이나 그것을 발전시킨 능력은 머나먼 시대와 공간에도 큰 차이는 없다.

마을을 길게 남북으로 따라 펼쳐지는 호숫가로 가보았다. 옛 나루터의 거룻배와 그 나루의 집 벽에 기댄 물받이통에는 노 젓는 사람들의 부조가 보인다. 그 거룻배 위에 이슬비를 쫄딱 맞으면서도 누군가를 기다리듯, 그 앞에서 부지런히 먹이를 찾아 수면을 미끄러지는 오리 가족을 눈을 부릅뜬 채로 바라다보며 백조 한 마리가 쭈그리고 앉아 있었다.

이곳도 나루터와 배를 원형대로 복원했다. 이 지역에서 1975년에 운하를 파다가 발굴된 것으로 보존 상태가 뛰어나던 거룻배들과 카누는 전문가들이 20여 년 걸려 수리하고 복원했다. 못질 없이 통나무와 가지와 판자를 쐐기로 맞물리는 수법이었다. 이 배들의 진품은 인근 '아트' 시내 고고유물관에 있고 여기 있는 것은 복제품이다. 애

아케오시트

아케오시트

당초 이 옥외박물관은 관광진흥공사가 추진했다. 또 복원 작업처럼 경비가 많이 드는 과업에는 민영기관인 오베시 아케오시트 협회의 지원도 받았다. 국군에서도 필요한 물자를 지원했다.

텃밭은 졸졸 흐르는 개울가에 수백 평방미터가 넘어 보였다. 유실수와 꽃나무, 닭장, 또 옛날에 로마 황제들이 마차 안에서 수시로 즐겨 먹었다던 대추와 무화과 열매를 내는 나무들과 능금나무가 자라고 있고, 포도나무 가지도 뻗어난다.

자세가 제각각인 흰 돼지들은 날아오르는 작은 새들을 구경하면서 퍼질러 누워 뒹굴고 있었다. 그래, 돼지들아 너희는 삼겹살과 족발이 되어 내년쯤 우리 식당이나 밥상 위에 오르겠지. 장도에 오르기 전에 체력을 비축해두렴. 너희를 우리가 수입해다 먹는 줄 알 턱이 없겠지. 우리 동포가 네 삼겹살에 열광하는 팬이거든! 꼬리붓으로 사인할 준비도 해두고.

마을의 가장 깊숙한 곳에 로마 식민지 시대의 묘석과 빌라가 한 채 서 있다. 프레스코 벽화와 가구도 당시 양식을 그대로 따랐다. 적황색 벽에 화려한 천연 대리석으로 마감했다. 인근 블리키Blicquy에서 여신의 거처로 보이는 곳이 발굴되어 그것을 참고해서 지은 여신에 바친 신전이다. 그와 나란히 마르스, 머큐리, 베누스, 미네르바 입상들도 공물들 곁에 세웠다. 묘석들은 프랑스 스트라스부르 유물을 복제했다. 로마가 이 지역을 통치하던 시대의 사회상과 사회계급, 가족관계, 신앙생활을 이해하는 데에 초점을 두었다.

우리의 입석들, 동구 밖을 지키던 비석들은 국토 건설에서 가장 크게 욕을 보았다. 이런 명문이 새겨진, 오가며 배우는 교과서를 어디에 다 내팽개쳤을까! 우리 실정의 안타까움이야 그렇다 치고, 그 초상 조각, 목 아래 가슴까지 헐벗거나 옷자락을 두른 로마식 흉상이 있다. 대리석상! 루브르, 피렌체, 로마(특히 카피톨리노 박물관)에 있는 황제들의 흉상은 바로 이 마을이 한창일 무렵 로마에서 글을 썼을 역사가 수에토니우스의 글만큼이나 그 사실적 표현이 인물의 성격을 명쾌하게 함축한다. 수에토니우스는 『로마 황제 12인』에서 '카이사리즘(황제제도)' 이라는 용어로 황제의 지배를 설명하면서, "카이사리즘이란 민주주의적으로 권력을 얻은 군주들이 절대 권력을 장악한다는 뜻"이라고 풀이했다. 그는 황제들의 초상을 그리면서 세 가지 공통점을 꼽았다.

1. 운명. 열두 명 중 열 명이 시해, 자살 등으로 비참하게 죽었다.
2. 잔인성. 아홉 명의 황제가 가혹한 처벌과 죽음에 이르는 가학성을 즐겼다. 나머지 세 사람은 통치기가 짧아 일찍 사망하는 바람에 즐기지 못했을 뿐이다. 시간이 없었을 뿐.
3. 민중의 반응. 민중은 황제의 취임을 해방이라 반겼지만, 그가 죽을 때는 더욱 큰 해방을 맞았다면서 반겼다.

고대 로마 흉상은 현실의 깊고 어두운 구석을, 인물 내면의 짙은 그늘을 들여다본 사람만이 빚어낼 수 있는 것 아닐까. 율리우스 카이사르의 초상을 보자. 평민 출신으로 황제에 오른, 입지전적인 베스파시아누스는 대머리로서 얼마 되지 않는 머리털 대신 월계수를 붙여 누가 봐도 음탕한 사티로스 모습이다. 그 꾹 다문 입술과 번뜩이는 눈빛에 세상을 의심하는 눈초리도 실감을 준다. 로마 흉상은 상체만으로 그 전모를 그려보게 하는 설득력과 상상을 담아낸다. 우리말의 어원처럼 "얼이 구르는" 생생한 초상이다. 수에토니우스는 베스파시아누스를 이렇게 묘사했다.

카이사르 흉상

"다부지고 딱 벌어진 채구. 사지는 튼튼하고 노력형이다. 익살꾼처럼 말하는 여유가 있다. 급한 볼일이 있을 때에도 '네가 먼저 [볼일을] 다 하고 나서 [내가] 할게'라고 할 줄 알았다."

5천 년 전이든 2천 년 전이든 혹은 지금까지든, 크나큰 변화에 놀라기보다 변함없는 것에 대한 놀라움이 크다. 사람이 모여 사는 것에 변할 줄 모르는 것, 어느 세월에도 변하지 않는 생활의 격차다. 황제와 농부는, 황후와 주막의 여인은 얼마나 비슷하고도 얼마나 다르게 살았는지! 하늘은 변함없고, 서로 다른 지붕도 변함없다.

아케오시트를 나와 오베시와 박물관 공동의 이름을 내세우지만, 따로 떨어진 뵐뢰유를 들렀다. 그곳에 궁이 있었다. 하지만 도착해서는 이미 오후의 끝. 생각보다 빙빙 돌아오는 바람에 허탕을 쳤다. 김 빠진 몸 안의 시계는 또 털털거리다 서버렸다. 성이 마을의 대부분이다. 마을이라봐야 성곽 한 귀퉁이에 붙은 가촌街村이다. 그 동네 로터리에 어디서 많이 듣던 샤를 리뉴 왕자의 동상이 서 있다. 그 아래 벤치에 주저앉아 다음 차편을 따져보니 몇 시간을 기다려야 했다.

뵐뢰유는 샤를 리뉴 왕자(1735~1814)의 근거지였다. 이 왕자는 불어를 사용하는 벨기에 발롱 지역 최고 권문가 출신으로 정치인이자 군인이다. 또 글을 잘 써 회상록 작가로서 괴테, 바이런 등의 격찬을 받았다. 볼테르, 루소, 괴테, 빌란트 등과 평생 우애롭게 지냈고 주로 오스트리아 빈의 궁정이 활동 무대였다. 이런 왕자가 우리의 관

심사는 아니다. 그 로맨스도 아니다. 우리야 절대왕정의 인사들을 초
상으로 남긴 역사적 기록화의 작가로서 마담 비제 르 브룅이 궁금할
뿐이다. 왕자께서 음양으로(!) 우리의 마담, 우리의 소중한 기록화
가를 지원했으니…. 미술사가 피에르 드 놀라크는 절대왕정 최후의
왕비, 마리 앙투아네트의 전속화가 '마담 비제 르 브룅'의 전기에서
이 왕자를 조연으로 등장시켰다. 왕자는 베르사유궁에 자주 드나들
었다. 피에르 드 놀라크는 리뉴 왕자가 "거물급 예술 애호가 소리를
들었는데, 마담 르 브룅에게 자기 갤러리를 보여주려고 그녀를 뵐뢰
유 자택으로, 자신이 조성한 유명한 정원 한복판의 성으로 초대했
다"고 한다. 마담 르 브룅은 자기 회고록에서 이런 의미심장한 말을
남겼다.

"이곳의 아름다움마저 눈에 들지 않았다. 다시는 볼 수 없을 만큼 예
의 바르고 뛰어난 집주인의 환대를 받다보니."

이 뵐뢰유 성주城主 리뉴 왕자는 내심 부인을 사랑하고 흠모했다.
서로 좋아했던 감정은 오래갔었던 듯하다. 부인은 친하면서도 일정
한 거리를 두었다고 했지만, 무슨 소리! 왕자는 여자에게 찬사를 늘
어놓기 좋아하기로 평판이 자자한 군인이었는데. 주거니 받거니 왕
자는 마담에 대해 이런 글을 남겼다.

"마담은 이탈리아 형태와 플랑드르 채색을 공부한 덕에 자기 고국에

아케오시트

아케오시트

서 두각을 나타냈다. 그 옷주름에 구사한 대담한 색채의 마술로 모든 것을 거슬리지 않도록 대담하게 맞세우면서, 특이한 조화를 불어넣는다. 그렇게 촉촉한 눈, 투명한 피부, 너무 여려 보일 만한 여신이라든가, 평범한 바탕의 풍경이라든가, 약간 어긋한 비례 같은 것처럼 반박의 여지가 있을 만한 사소한 실수를 가린다. 어쩌다 한 번 닮지 않았다는 비난은 부당하겠다. 순백으로 빛나는 왕비의 초상은 얼마나 아름다운가! 구두, 긴 양말, 겉옷과 속옷부터 이 아름다운 왕비의 눈부신 살결에 이르기까지 그토록 미묘하게 표현한 예술 아닌가!'

왕정과 기득권을 지키느라 전장을 누볐던 용맹스런 왕자의 발언치고는 조금 간드러지는 편이다. 연모에서 우러난 말이니 어쩔꼬. 왕자가 마담에게 평생 털어놓게 될 감정을 느끼던, 1782년의 일이다.

이렇게 5천 년을 거슬러 올라갔던 짧은 여행은 220여 년 전의 로맨스로 싱겁게 마무리되었다. 왕자가 마담과 저 궁전의 뜰과 후원과 방을 오가며 비발디의 실내악을 배경에 깔고, 다정한 눈길을 주고받으며 맥주를 마시고, 둥글게 떠오르는 달을 가리키며 서로 맞장구를 치던 바로 그 앞에서…. 나는 텅 빈 사거리 벤치에 앉아 왕자님 동상 밑에서 부르튼 발이나 주무르고, 궁상맞게!

그래도 뜸하게 오가는 차들을 지나 보내고 큰 눈을 껌벅거리는 송아지와 서로 엉덩이를 떠밀기도 하고 땅에 고개를 처박기도 하면서 이 낯선 사람을 물끄러미 쳐다보며 꼼짝도 않는 양떼들이 있었다. 그

렇게 놈들을 바라보고 있다 보니 문득, 그래 세상은 참 많은 것을 주
었지만 나는 이 넓은 세상에 아무것도 준 것이 없지 않나 하는 생각
이 슬며시 떠올랐다.

브뤼셀, 생 미셸 에 귀뒬

잊혀진 거장

브뤼셀에 도착하던 날, 왕립미술관에서 인기 있는 화가 마그리트 별관이 막 문을 열어 축제 분위기였다. 마그리트는 그의 어머니가 물에 뛰어들어 자살한 어린 시절의 기억 때문에 평생 마음고생을 하면서도 그 아픔을 아름다운 이미지로 승화시킨 놀라운 의지를 지닌 화가였다. 그가 우리 곁에는 없지만, 그의 그림이 많은 사랑을 받고 있으니 그의 혼도 편해지지 않았을까.

최근에 관광객이 부쩍 늘어나면서 브뤼셀은 골목마다, 목이 좋은 모퉁이마다 초콜릿 가게와 카페와 패스트푸드 식당이 점령해버렸다. 물담배 피우는 오리엔트 카페까지 들어섰다. 이 틈에서 간신히 버티는 전통 카페는 '에스타미네'라고 불렸다. 대륙의 동서남북의 교차로라 할 수 있는 브뤼셀은 예로부터 술집과 카페가 유럽에서 제일 많았다. 옛날의 풍속화에서 보여주듯이 벨기에 사람들은 장터, 선술집, 혹은 초상집이든 어디서든 왕성한 식욕을 보여준다. 맥주 양조장도 가장 많고 가장 많이 소비한다. 그래서 일찍 시드는 법이 없다. 우리라면 '주책맞게…' 라는 힐난을 받을 만한 나이에도 이들의 생산력은 놀랍다. 지칠 줄 모르는 정력으로 농부들은 우직하게 일하고 노동자들은 근육질에, 강건하다. 바로 조각가 콩스탕탱 뫼니에가 청동으로 빚은 그 모습이 제일 어울리는 이미지라고들 한다.

남부역 앞의 벼룩시장에도 거칠고 힘에 넘치는 목조각이나 철물이 심심치 않게 나온다. 그곳에서 추운 겨울날 아침 뜨끈한 국물을 먹으며 이 사람들의 넉살을 엿듣던 날의 기억도 새롭다. 그 카페 한 곳에서 들은 이야기가 있다. 카페 주인에게 프랑스 사람들의 치즈로도, 이탈리아 사람들의 토마토 소스로도 겨룰 수 없는 당신들 그 힘이 대체 어디서 나오는지 물었을 때,

"그거야 아침마다 먹는 이 국이지!"

국? 버터를 풀어 걸쭉한 야채국, 브로콜리 국!

이렇게 국 한 그릇의 따끈함을 추억으로만 떠올리며 벨기에 사람들이 존경하는 조각가의 집을 찾아 나섰다. 뫼니에(1831~1905)는 브뤼셀 변두리 익셀에서 살며 일했다. 그의 주거 겸 작업실을 찾아갔다. 둥근 구리 초인종을 누르는 소리에 노인 한 사람이 문을 열어주며 반색한다. 노인은 문 가장자리 사무실 넓은 책상을 혼자 앉아 지키던 참이었다.

오후 햇살이 드는 마룻바닥과 좁은 복도를 지나 넓게 위를 튼 방이

나온다. 복도 양 옆에는 밑그림과 수채화가 걸려 있다. 액자 속에는 일하는 사람들의 손과 발, 해변에서 누군가를 기다리고 서 있는 여인의 실루엣이 비친다. 복도 끝에 붙은 계단에서 밑으로 내려가도록 바닥이 낮다. 위아래 층을 터서 작업실로 사용했기 때문이다. 그 넓은 방에 빛보다 더 검푸르게 빛을 빨아들이는 청동상들이 서 있다.

부두와 제철소에서 일하는 사람, 들판에서 씨를 뿌리는 사람, 갱도에서 탄을 캐는 광부들. 모두 우람하다. 이들은 빈센트 반 고흐가 그 무렵에 탄광촌 몽스에서 그렸던 주제였다.

대장간 메질꾼을 비롯한 인물상들은 기념비처럼 굳었다. 입상들은 지치고 초라해 보이지 않는다. 일하고 일해도 아직 힘이 남아 있는 '원하고, 원하고 또 원하는 끈덕진 이 민족의 아들', 산업의 역군들이다. 그들의 삽과 곡괭이, 낫과 앞치마, 투구와 장갑은 중세 기사의 갑옷처럼 튼튼하다. 벙거지를 눌러쓴 채 웃통을 다 드러낸 정련공 곁에서 청동마가 펄쩍 뛰어오른다. 기계 바퀴 손잡이를 돌리는 사람, 절망에 빠진 사람도 힘들어 하지 않는다.

메질꾼은 가죽 조각으로 머리쓰개를 삼고, 가죽 각반으로 발목을 둘러 로마의 검투사를 닮았다던 근로자 상이다. 군더더기가 없다. 옷주름은 몇 개의 선으로 질긴 근육과 하나가 되어 흐른다. 조각이라면 백대리석의 하늘하늘한 상투적 나체 여인상이나 석고상에 익숙하던 사람들이 경악할 만한 인간상이다.

이런 작업은 그림에서 장 프랑수아 미예(흔히 밀레라고 하는)가 어부와 농부를 그리면서 해낸 일이다. 일하는 사람이 고대의 신상으로 다가온다. "이마에 땀을 흘리면서 일하며, 난관에 부딪히며 살아가야 할 운명이지만 거만하지 않고 위대한 침묵 속에 살아가는 인간의 오래되고 숭고한 자세가 여기에 있다."

콩스탕탱 뫼니에는 위대한 청동 주물장이자 조각가이면서도, 대중적으로 가장 덜 알려진 사람이다. 유럽의 문인, 예술가들이 그토록 상찬해 마지않는 이 조각가가 떠낸 청동상은 빈센트 반 고흐의 그림과 똑같은 정신에 고취된 것인데도 대중적 인기와 무관하다.

뫼니에는 쉰 살에 비로소 조각을 시작했다. 1880년이었다. 또 이 의젓한 청동상들을 발표하기 시작한 것은 1885년 안트베르펜에서 열린 만국박람회장에서다. 그전에는 30년간 그림을 그렸다. 경악할 만한 뒷심이다. 손이 뜨고 늦게 발동이 걸리지만 끈덕지게 완성을 기다리는 인내심이다. 뫼니에는 여러 면에서 에스파냐의 거장 벨라스케스에 가깝다. 그는 죽는 날까지 검소하게, 보통 사람들처럼 조용히 하루하루의 일에 충실했다. 천천히 무르익혔고, 경박하고 의도적인 자기선전이나 타산적인 계산도 할 줄 몰랐다. 대단한 보상을 거둔 것도 아니다. 그의 삶은 침묵과 조용한 자기 집중뿐이다.

브뤼셀 시내에서도 그의 작품을 볼 수 있다. 여러 개씩 복제해서 이 나라 어디에서나 대학과 공원, 공장과 역과 강가에도 서 있다. 식물원에도 앙비오리 광장에도 있다. 그 옥외에 설치된 동상들에서 펄펄 뛰는 야생마 위에 안장도 없이 올라타고 다스리는 자연의 아들이

콩스탕탱 뫼니에 박물관

자 굴하지 않은 인간상을 볼 수 있다. 물론 붕대를 두르고 상처받긴 했지만, 그의 청동상들은 나약함을 모두 그 무거운 쇳덩이 속에 녹여버렸다. 절대로 그 밖으로 드러내는 것이 없다. 비를 맞고 이슬에 젖기 전에는 밖으로 흘러나올 것은 아무것도 없다.

쇳물을 녹여 붓는 장인의 전통을 물려받은 점에서 청동상을 빚는 조각가는 그릇을 빚는 도공과 함께 인류 역사에서 가장 오래되었다. 수만 년 전 구석기시대에 코끼리나 물소뼈에 조각을 새기거나 곰을 쫓아내고 살던 동굴 속에 벽화를 그린 사람들에 뒤이어 청동기시대의 추억을 대대로 지켜온 사람들이다.

그는 인간이 쓸모 있는 것을 만들려고 재료를 다루고 재료와 싸우는 영원하고 위대한 투쟁, '신을 흉내 내면서 문화를 만들고 인간이 인간이 되던 과정'을 주시하는 듯하다. 자신도 무언가 손으로 만들 수 있다는 데에서 무한한 기쁨을 알게 된, 그 진화의 과정이다.

농업보다 은행을 비롯한 서비스 업종이 대부분인 도시와 마찬가지로, 예술계에서도 농민과 노동자의 모습은 사라진 지 오래다. 그림이나 조각에서도, 어디서든 농부와 노동자는 현대미술에서 거의 자취를 감췄다! 이들만 없어졌나? 사람의 그림자도 찾아보기 힘들 때가 많다. 광고판을 제외하면.

사실주의 조각에서 일하는 사람들의 생활상은 훨씬 더디게 나타났다. 기념비적인 것들, 즉 전쟁과 신화의 주인공들이 독차지했기 때문이다. 조각에서는 건물에 들여놓을 종교적인 주제를 집단적으로 제작하거나, 영웅호걸을 다루었으니까. 농민과 우리 곁의 처녀총각과 도시 중산층의 모습은 조각상으로 새겨진 것이 상당히 드물다. 초상 조각조차 거물급 인사인 경우가 아니면 조각으로 새겨지기 어렵다. 어느 도시와 마을에서 광장에서 하나쯤 볼 수 있는 전쟁을 추모하는 기념비에서나 집단적인 군상으로 서 있지 않는 한.

  농부가 지는 해를 뒤로하고 잠시 허리를 펴며 땀을 닦거나, 광부가 갱을 나와 시원한 바람에 숨을 돌리며 가슴을 펼 때, 그 지상에 서 있는 자신이 얼마나 멋있고 듬직한 사내인지 의식한 적이 있었을까? 영영 몰랐으리라. 장엄하게 전장에서 비 오듯 쏟아지는 총알 세례를 받으면서 돌진하던 청년도 자신이 얼마나 용감하고 멋진 사내로 보일지 의식하지 못했으리라. 그들을 그런 모습으로 바라보고 우상화 하는 것은 그들 덕에 밥을 먹고, 불을 쬐고, 배를 곯지 않고, 추위에 떨지 않으며 살 수 있었던 나머지 사람들의 몫이었다.

  그런데 누가 큰 비용을 들여가면서 이름 없는 농사꾼과 광부의 초상을 원할까. 바로 사회주의 사상가와 정치인, 문인 등 평등과 인류애에 확고한 의지와 이상을 지닌 사람들이 정치적으로 세력화하면서 이런 작업의 후원에 나섰기에 가능했다.

  위대한 자연의 선물인 우리의 손과 가슴과 머리를 개인적인 공상을 향해 놀릴 때 예술은 흐지부지하고 지지부진한 것이 되곤 했다. 하지만 그것으로 우리가 함께 사는 일을 느끼고 생각하게 할 때 예술은 이상보다 더 이상적인 세계를 보여주곤 했다. 추상미술은 그 자유

왕립박물관 부설 마그리트 기념관

로운 솜씨와 표현에도 불구하고 어딘지 공허하고 문자 그대로 추상적이고 막막하다. 우리는 하나의 물건으로 우리 앞에 놓여 있는 돌덩어리, 쇳덩어리에서도 무엇인가 그것이 쓸모없는 자유로운 상상을 위한 작품이라는 말을 골백번 듣더라도, 굳이 그 의미를 찾고 싶어하고, 없으면 찾아서라도 부여하려 든다.

조각 작업은 점토를 빚고 주물을 뜨며 보통 몇 달씩 걸린다. 동상을 제작하는 예술가는 그 뜨거운 쇳물을 붓는 차가운 열정으로 작업에 임한다. 그 뜨거운 쇳물덩어리가 한 치의 오차도 없이 거푸집에 흘러내리도록, 너무 차가워서 화끈하고 뜨겁게만 만져지는 드라이아이스처럼, 그렇게 작업한다.

이제 힘든 노동에 가까운 조각과는 미술대학에서 많이 폐지되었고, '클릭'이라는 가벼운 터치 한 번으로 크레인처럼 산도 들어 옮기고, 바다도 뒤집는 영상의 마술에 취해 있다. 우리의 역사와 삶을 기념하는 길가의 수많은 조각도 앞으로는 허공에 쏘아대는 레이저의 허상과 허깨비가 대신하게 될까?

벨기에 시인 베르하렌은 이 주조장 같은 조각가와 한 시대를 살면서 서로 만나곤 했다. 시인은 조각가가 대화할 때 아름다움이니 어쩌니 하는 말을 절대 입에 올리지 않았다고 했다. 그 대신 '성격'이라는 말을 즐겨했다고. 몸의 안팎으로 그 부피와 단면을 통해서 폭발적으로 발산되는 성격을 표현하고 싶어했다고. '플랑드르의 종지기'라는 별명으로 통하던 이 시인은 도시의 골목이 감옥처럼 답답하다면서 기차가 들어가지 않는 시골로 들어갔다. 도시가 인간에게서 멀

콩스탕탱 뫼니에 박물관

어졌다고 한탄하면서 유년기의 맑은 가슴과 해맑은 자연을 찾아 자연으로 들어갔다. 그는 뫼니에의 청동상 앞에서 이렇게 노래했다.

저녁에 황금빛 노을 지는데
막막한 늙은 농부들은 어디로 가는가
붉게 타오르는 촌으로 가는가?

풍차들은 늘 그렇게 미친 듯 활개 치며
낫 같은 날개를 크게 휘저으며
바람을 미친 듯 베어내고

깊은 가을날 가마우지들
멀리고 꺽꺽대고
하늘은 한밤중에 울리듯 경종을 울리는데

공포가 엄습하는 시간이다
피로 물들이며 일하는 늙은 사탄이
끔찍한 짐수레를 끌고 나타나는 시간

장엄한 애도에 젖은 농촌을 떠나
말없는 늙은이들은 어디로 가는가?

델프트

물건의 자리, 사람의 자리

프린센호프 박물관, 델프트, 네덜란드

"델프트 입구, 역 근처, 작은 텃밭을 따라 이어지는 운하 위로 납작한 배들이 천천히, 채소꾼들이 부려놓은 묵직하고 기이한 화초 더미들을 물 위로 미끄러뜨리면서 들어오고 있었다. 그 절제된 동작으로 화초 더미들의 흐느적거리는 색의 움직임을, 빛 속에서 부드럽게 지나가도록 하고 있었다. 그런데 이 빛은 편안하고 반가우며 너그러웠다. (…) 나는 로테르담 갑문을 넘어 베르메르가 그 도시의 전망을 그린 둑을 찾아갔다. 물론 델프트는 지난 250여 년간 많이 변했다. 베르메르가 그토록 힘차고 선명하게 보고 그렸던 것이 온전할까? 아니다, 물론 아니다. 그 건물과 유적의 정확한 실루엣에서, 거기에 그대로 남은 것이라고는 지붕들 위로 솟은 종루뿐이다. 아무것도 살아남지 못했다. 그런데 지형관계를 확인하려고 하지 않는데도 무언가 알아볼 것이 있는 듯하다. 그것이 대체 무엇일까?"

　이렇게 델프트에서 베르메르의 자취를 찾는 사람은 한둘이 아니다. 또 그가 바라본 세상의 자취를 더듬으면서, 영웅도 사라졌음을 탄식하곤 한다.

　"물론 이런 배경에서 사는 사람들은 바뀌었다. 나무들이 그림자를 둥글게 궁륭처럼 늘어뜨린 긴 운하에서, 흰 난간은 제멋대로 퍼져나가는 물결을 가른다. 좁은 다리들은 갑자기 멈추는 높이 솟은 선으로써 거기에 담긴 기상을 상기시키는 듯하다. 운하를 따라서 걸어가던 흰 담비털로 수놓은 노란 저고리 차림의 여자들과 커다랗고 흰 옷깃을 세우고 짧고 부푼 외투 차림에 큰 깃털 모자를 쓴 남자들도 더는 보이지 않는다. 복장은 17세기 홀란드 사람이 착용하던 보기 좋은 선과 색도 아니다. 사내들은 유난하던 영웅적 자부심도 잃었다.
　침묵공이 허름한 프린센호프 궁의 벽 위에서 여전히 혈기왕성하게, 아위데 델프트의 정면 건물 뒤에서 수면에 적셔진 촉촉한 잎사귀 사이로 떨어지는 햇살을 받으며 격동기의 냉정한 지혜를 발휘하면서 그토록 은밀히 피를 끓이던 시절이다. 저항과 거사의 음모를 꾸미고 있었고, 외국 선단을 격파할 궁리를 하던 시절이다. 열렬한 어조도, 도도한 태도와 억센 자부심도 누그러졌다. 조용한 둑 위로 지나거나, 불쑥 솟아올랐다가 갑자기 꺼지듯 사라지는 다리들 위로 운하의 뻣뻣하게 뻗은 길을 천천히 건너는 사람들은 평범하고 어두운 그림자들이다. 이 조용한 델프트 사람들에게서 우아함이나, 그림 같거나 화려한 모습은 찾을 길이 없다. 수더분한 사람들이 지나다니고 평범하기 짝이 없는 인물들이다. (…) 여기에, 아무것도 없다. 돌뿐이다."

미술평론가 귀스타브 반지프는 이렇게 델프트에 베르메르도, 침묵공 오랑예(오렌지공)도 없고 돌뿐이라 했다. 그들은 떠났고 돌과 이끼만 남았다. 시내에 접어들 때 처음 마주치는 것은 일렬로 늘어선 자전거와 사람들이 방 안에서 자신을 보여주는 사진들로 도배한 창들이다. 오직 침묵공 오랑예가 마지막으로 머물던 집이 '프린센호프 박물관'으로 되살아났다.

운하를 따라 구성당 뒷길로 은밀하게 접어든, 붉은 벽돌과 푸른 이끼와 갈색 운하에 둘러싸인 후미진 길가에 있다. 신변 안전을 위해 이 수도원으로 들어와 지냈던 오랑예 공의 심정을 짐작할 만하다. 고요한 뒷골목으로 숨어든 박물관이다.

그 건물 맨 아래층에서 시작되는 전시실로 들어서자 에스파냐의 필리페 2세가 불쑥 나타났다. 전신초상이다. 한 손에 지휘봉을 쥔 도전적인 모습이다. 오랑예 공의 숙적이자 원수 아니었나? 이런 전시 연출은 참신한 역발상이다. 도요토미 히데요시의 초상부터 보면서 그의 야심과 임진왜란과 그에게 패배를 안겨준 충무공을 추적하는 방식이다. 그 초상을 그린 안토니오 모로는 오랑예 공의 초상도 그렸으니 기묘한 운명이다. 두 숙적이 같은 화가 앞에서 포즈를 취했다. 펠리페 2세의 초상으로는 이 그림이 널리 복제되고 보급되었다. 모로는 제일 먼저 난쟁이와 같은 불구자를 그리는 등 에스파냐 취미를 퍼뜨렸다. 또 먼저 들렀던 브장송 시간박물관의 원 소유주인 그랑벨

RJWIELSTALLING
'09
Delft
Cultuur 09

델프트

추기경의 초상도 그렸다. 모로는 부당하리만큼 잊혀버린 화가다.

모로가 이 초상을 그리던 1557년은 펠리페 2세가 프랑스와 한판 겨룬 생 캉탱 전투에서 승리를 거두던 해로 유럽의 패자로서 자부심이 넘치던 때였다. 이미 그전에도 레판토 해전에서 회교도 제국을 무찔러 가톨릭 왕국끼리의 힘겨루기만 남았던 때였다. 생 캉탱 전투는 합스부르크 가문과 프랑스의 오랜 대립에서 매우 중요한 사건이다. 그 승리 이후 그는 자비로운 가톨릭 군주의 인상을 남기고 싶어했다. 하지만 전투에서 승리한 독일 용병이 문제였다. 이들의 만행과 약탈이 기독교 국가들의 여론을 들끓게 하자, 속죄를 내세워 엘 에스쿠리알 수도원을 지었다. 마드리드 교외의 이 수도원은 가톨릭계에서 규모가 가장 크다. 그런 구실로 왕은 또 전 유럽의 명인과 예술가를 끌어들였다. 이렇게 불리한 사태를 거꾸로 자신의 위신을 높이는 데 이용하는 수완이 뛰어났었다.

그의 인간적 고뇌도 우리네 조선조 영조만큼 유명하다. 필리페 2세도 국운이라는 대의를 내세워 아들을 세자로 삼지 않으려 했다. 그런가 하면 딸에게는 책자로 남은 장문의 편지를 쓸 만큼 자상한 아버지였다. 그래도 거물이 역사 앞에서 받게 되는 평가는 언제나 준엄하다. 그에 걸맞은 책임이 따르니까.

펠리페 2세의 초상 다음 방에 그토록 매력적인 정물화 '바니타스', 즉 과일과 야채 바구니, 꽃다발과 사냥감을 풍성하게 그린 몇 점과 또 그 실물의 복제물이 탁자 위에 놓여 있다. 작은 점들이 돋은 가늘고 긴 유리잔과 둥근 호밀빵 한쪽만 그린 것도 걸려 있다.

프린센호프 박물관

위아래 층이 통하는 층계참 둘레의 벽들은 구리 촛대가 난간을 지키고, 델프트의 도자편을 붙여 장식했다. 실내 복도의 내벽에 한 쌍의 타일 벽화가 침침한 실내를 밝힌다. 테르뷔르흐와 피테르 데 호흐의 집안에서 벌어지는 가족의 일을 그린 풍속화를 도자로 구워 붙였다. 이것들이 없었다면 집 전체는 꽤나 침울했을지 모르겠다. 그 안쪽은 그 황금기에 화가들이 즐겨 그리던 방이다. 수평으로 반복되면서 실내를 조금 넓어 보이도록 길게 반복하여 얹힌 들보와 가는 납선으로 장식한 반쯤 열린 유리창과 두꺼운 목재로 짠 탁자와 양탄자, 커튼, 의자와 마루 모두 그림에서 보던 그대로였다. 그런데 이런 실물은 지금까지 몇백 년 동안 보존되어 우리 시대까지 전해졌다. 그런데도 이렇게 눈앞에서 직접 보는 실물과 현장은 그림 속에서 보는 것보다 감흥이 덜하니 어찌된 일일까? 이상한 착시현상이다.

또다른 한 층의 방에 들어서면 벽만큼 크게 베르메르의 화실이 서 있다. 그가 나타날 자리는 아니다. 이 집은 그와 무관하다. 그는 이 동네에서 태어나고 살았을 뿐이다. 그의 원작들은 다른 도시의 미술관에 있다. 뿔뿔이 흩어져 고향에는 더 이상 남겨진 게 없다. 그런데도 그를 내세우지 않으면 박물관이 허전할 것이라 생각했을 것이다. 베르메르의 그림이 퍼트린 신화의 무게를 짐작할 수 있는 대목이다.

확대한 이 복제품, 지금은 오스트리아 빈의 미술관에 있는 그림에서 화가는 그 그림 속에 앉아 있다. 베르메르의 모든 예술이 여기에 담겨 있고 그의 모든 가구 목록이 들어 있다. 그의 혼 전체가 들어 있

필리페2세, 프린센호프 박물관

프린센호프 박물관

다고 하면 어떨까. 그가 없는 대신, 그를 대신해서 물건이 그의 삶의 작은 단편들이 되었다. 그것을 구성하는, 더는 나뉠 수 없는 작은 단위의 생애소生涯素들이다.

"전경은 잎 무늬가 새겨진 양탄자, 그리고 의자와 천을 덮은 탁자가 있다. 이 가구와 살림살이는 여기에서 단역들이고, '충복'으로서 (…) 약간 생기를 띠고 친숙한 것이다. 하지만 주인공들 주위에 공손히 자리 잡고 있다. 이어서 미색 벽 앞에 눈을 깔아내린 모델이 서 있다. (…) 계집아이는 순진하게 무사이(뮤즈) 차림을 했다. 또 그렇게 하려고 드레스에 커다란 천을 둘렀다. 큰 책을 한 권 안고서 우의적인 모습을 지어내려고 트럼펫을 들었다. 머리에는 집 근처에서 자란 포도나무 가지 잎사귀 몇 개를 잘라 어색하게 급조한 둔한 화관을 썼다. 그 뒤로는 항상 그렇게 걸린 지도가 보인다. 그런데 딱 그 찰나에 맞춰 빛이 그녀를 향해 화가의 왼편에서 떨어져 내린다. 우리에게 등을 돌린 채 베르메르는 이 놀랍고 사랑스런 인물을 그리고 있다.
그래도 자신이 무슨 옷을 입었는지는 알려준다. 하지만 그의 얼굴은 여전히 알 수가 없다. 그의 삶과 죽음처럼…."

이렇게 그의 얼굴을 볼 수 없어 안타까움이 더하다. 그를 대신해서, 그가 남긴 그 자신의 인상은 빵 조각, 항아리, 유리창 한 조각, 심지어 벽에 걸린 낡은 지도 속의 희미한 땅덩어리와 물길에 각인된 그의 시선뿐이다. 방바닥과 벽을 잇는 구석에 일렬로 작게 촘촘히 채워진 걸레받이용 타일은 네덜란드 사람만이 간직했을 구석구석을 들여다보는 감각을 전해준다.

이 사람들은 집 안에서 벽이 서로 마주치는 모서리를 채우는 긴 반통형 선반을 걸어두곤 했다. 거기에 자기 나라를 잘살게 했던 동남아에서 가져온 후추통과 양념과 향신료 통, 기름 병, 또 커피 빻는 방아를 올려놓곤 했다. 오랑예 공이 피격당한 총탄 구멍 두 개를 남기고 떠난 이 자리를 베르메르가 없었다면 어떻게 채웠을까? 베르메르의 화폭 속의 물건들은 실제로 방 여기저기에 배치되고, 전시 중인 물건들보다 더욱 실감나게 그 시대의 한때를 보여준다.

베르메르가 우리에게 자기 시대를 전하는 시각은 지금 루브르에 있는 「천문학자」에서 가장 극명하다. 그 그림에서 천문학자는 천구의天球儀 앞에 앉아 있다. 그는 창밖의 하늘을 바라보지 않는다. 한 손에 컴퍼스를 쥐고 다른 손으로 턱을 괸 채, 천구의를 들여다보면서 우주를 생각한다. 세상을 돌려보면서, 천체를 한 손으로 돌려가며 무한에 도전하는 인간의 욕심을 이보다 잘 표현한 그림을 나는 본 적이 없다. 마치 진리가 사람이 만든 것 속에 완전무결하게 함축되었다는 듯이 그것을, 그 우주의 축소 모형을 사람이 만든 둥근 공 하나를 모범으로 삼을 만큼 인간의 지성을 확신했다는 말일까? 그 믿음으로 꿰뚫린 장면이다.

당시 이탈리아 사람들은 최신 망원경을 내놓았다. 위성의 자리가 바뀌면서 목성에 일그러짐이 일어났다거나, 토성의 고리가 늘어뜨

eesters / Delft Masters
ond Johannes Vermeer
ound Johannes Vermeer
프린센호프 박물관

린 그림사를 관찰하기도 했다. 그런데 이 천문학자는 관찰하면서도 주저하는 몸짓이다. 철학자 스피노자와 데카르트, 그 친구들이 그랬듯이 의심하고 회의한다. 섣부르게 예단하지 않으면서 결론을 찾는다. 관찰은 아름다운 망설임이다. 사진을 찍는다는 것도, 그토록 잽싸게 순간을 낚아챘다는 확신도 사실 이런 순간적 망설임이다.

베르메르와 스피노자 생각

델프트에서 자전거와 골목 사이로 벽돌과 운하에 비친 푸른 이끼에 카메라를 들이대다 보면 스피노자 생각이 난다. 두 사람 모두 같은 해에 태어났다. 베르메르가 세상을 떠나고 나서 2년이 지나 스피노자도 그 뒤를 따랐다. 베르메르는 델프트에서 거의 움직이지 않았던 것 같고, 스피노자는 십오 리 떨어진 보르베르크와 덴 하그에서 살았다. 베르메르가 그림을 그리며 사는 동안, 유대교회에서 파문당한 스피노자는 렌즈를 깎는 숙련공 일로 생계를 해결하면서 사상을 다듬었다. 이처럼 인접한 환경 때문에 두 사람을 비교하고 함께 결부시켜 이야기하는 경우도 늘고 있다.

앞에서 보았듯이, 침묵공의 처소에서는 그와 직결된 것만도 아닌 화가와 물건과 인물들을 그러모아 역사를 흥미진진하게 되살렸다. 빌딩의 단면과 그 방 안의 모든 것을 열어둔 모습으로 재현한 미니어처를 응접실에 놓고 보며 즐기던 취미 자체가 되살아난 것일까? 그런데 그 많은 인연을 동원하면서 스피노자를 왜 쏙 빠트렸을까? 그토록 자연스럽게 베르메르 곁에서, 델프트의 이웃으로 초대할 수 있는 사상가인데. 그가 포르투갈 출신의 유대인이라서 그랬을까?

스피노자에 대한 기록을 읽어보면 베르메르와 같은 육체노동, 몸으로 때우는 작업의 숭고함에 대한 두 사람의 태도가 한결같음을 알 수 있다. 두 사람 모두 손을 놀리면서 생각을 키웠다. 스피노자의 전기작가 J. 스공은 이렇게 썼다.

"스피노자의 경험이 충분히 입증하는 것이 있다. 둥근 곡면의 유리를 깎을 때, 수공은 제아무리 훌륭한 기계보다 더욱 믿음직하게 일을 해낸다는 점이다. 그가 택한 이 직업에 끌리고 매료되었던 것은 빠른 수익성 때문이 아니다. 능숙한 수공의 솜씨, 장인만의 미덕, 자기 육체가 일에 적응하는 지적 능력이었다."

어떤 철학자도 이렇게 자기 손으로 하는 일을 즐기며 익숙해진 적은 없었다. 플라톤, 아리스토텔레스도 우리 조선시대 양반과 마찬가지로, 자유인으로서 몸을 놀리는 일에 쓰는 것을 마땅치 않게 여겨 무시했다.

"그 누구도 스피노자처럼 진심으로 일에 사로잡히지 않았다. 무엇보다 더 자기 일을, 몸을 놀려서만 할 수 있는 숙련공으로서 (…) 렌즈를 깎는 쑥돌을 들리면서. 오직 육체노동에 끼어드는 정신만이 몸놀림의 효

델프트

과를 결정한다. 그런데 사고思考가 아니라 이런 신체적 조절능력이 우리의 몸에 있는 줄 모른다. 결코 정신에서 나오지 않는 이런 지혜에 놀라게 된다. 즉 우리는 정신이 모르고 또 정신에서 나오지도 않는 지적 활동을 우리 자신의 몸속에 타고난다. 내 몸의 능력은 하느님의 무한한 지혜와 능력의 개별적인 표현 방식이다."

베르메르와 스피노자는 몸을 놀려 육체와 정신이 이질적인 두 가지가 아니라는 점을 입증한 두 사람이다. 둘은 한 시대의 이성을 빛내려고 몸을 놀렸고, 우리 몸이 완벽하게 맞물려 돌아가는 창조적인 기계가 될 수 있다는 사실을 보여주었다. 물감을 반죽하고 렌즈를 깎으면서. 물건과 그 자리를 깊고 정밀하게 들여다보면서.

베르메르는 세계와 만물이 무한히 크다고 생각해 그것을 줄여놓고 보면서 잘 알고 싶어했던 것 같다. 스피노자는 세계와 만물이 무한히 작다고 생각하고 그것을 키워놓고 보면서 그렇게 했을 것 같고. 아무튼 두 사람 모두 우리 자신을 잘 알아보려고 그랬겠지만.

베르메르가 꼼꼼하게 그린 살림살이의 됨됨이는 그의 사고의 분신이다. 그가 우리에게 얼굴을 감추었다고 해서 감춰지지 않는 것이다. 스피노자가 정밀하게 깎은 렌즈를 구해볼 수 있을까? 그만큼 엄밀하지 않으면 제 빛을 못 낸다고 생각했던 바로 그 엄밀한 사고의 스펙트럼을 보여주지 않을까? 당분간은 그의 글을 읽으면서 그가 깎은 돋보기가 침침한 우리의 눈을 어떻게 밝혀주었을지 상상할 수밖에 없다.

생 루이 크리스털 박물관

숲속의 빛

생루이 크리스털 박물관, 생루이 레 비치, 프랑스

날씨는 맑았다. 파리에서 미리 스트라스부르로 건너와 진을 치고서 기다린 덕분일까. 이른 아침 출근길로 나선 사람들 물결에 떠밀리다시피 열차에 올라 소읍 아그노로 향했다. 이곳에서 독일과 국경지역인 라인 강의 상류 발원지로 들어가야 한다.

아그노 역과 읍내 관광 안내소도 전에 거쳐온 곳들과 똑같았다. 생루이 박물관의 존재조차 모르고 있었다. 물어보는 사람마다 고개를 갸우뚱하며 어리둥절해했다. 안내소 아가씨와 함께 두꺼운 행정 파일까지 들춰가며 결국 위치를 찾아내기는 했다. 다른 크리스털 공방을 내세운 마을들의 홍보 자료는 풍부하다. 이곳에서도 여느 곳과 다를 바 없이 원조는 말이 없고, 원조를 흉내 내는 안쓰러운 몸짓들은 유난스럽다. 물론 그 부근이 수백 년 전부터 석영 광산지였고, 소규모로 분업화한 다양한 크리스털 공방들이 산재해 있다. 야심적으로 나랏돈으로 부활시킬 이 '생 루이 크리스털 박물관'의 개관도 10년이 다 되어가지만 전문가들이나 알 뿐이니. 그러려니 할 수밖에….

택시도 문제였다. 아니 운전사가 문제였다. 회색 르노 최신형을 몰고 온 이 양반은 알제리 출신으로 불어도 서툰 데다가 지명조차 제대로 읽을 줄 몰랐다. 하기야 이곳 지명은 누구에게나 골치 아프다. 독일어도 불어도 아닌 것이, 알자스 방언에 심심산골의 사투리까지 녹아들어 자기네끼리도 번번이 딴소리를 하곤 한다. '크'인지 '슈'인지, 그도 아니면 '취'인지 누가 알랴! 그 지도를 펼쳐놓고 다짐을 거듭하면서 마을 이름을 외우도록 하고 길을 잃지 말자고 당부했지만 결국 우려는 현실로 드러난다고 했던가.

우리는 지름길로 가자며 의기양양 차를 몰며 회벽과 굵직한 버팀목을 두르고, 누르스름한 구리 양푼에 꽃을 담아 벽과 처마를 가꾼 아담한 마을들을 차례로 지나쳤다. 국립공원으로 들어서는 가로수길은 한적하기 이를 데 없었다. 그러다 불쑥 깊은 숲길로 빨려들었다. 한낮에서 한밤중으로, 전나무와 떡갈나무, 너도밤나무 등이 그렇게 높이 솟을 수 있을까 싶게 하늘을 가렸다. 그러니 길을 잃을 수밖에.

엉뚱한 계곡의 비탈길을 한 번 잘못 들어서자 돌아가는 길은 천릿길. 인기척도 없으니 지나가는 차를 붙잡아 묻고 묻기를 서너 번. 띄엄띄엄한 집들과 꼬부랑 오솔길과 고개를 넘고 넘어 마침내 마을에 들어서자, 항공기 병기창 같은 건물 앞에 그제야 작은 표지판이 나타났다. 머쓱해하는 운전사는 자청해서 차비를 깎아주는 선심을 보였다. 그래도 물경 100유로에 육박했다. 60여 킬로미터 넘게 달렸던 것이다.

택시를 떠나보내자 웬 아저씨기 성큼 다가왔다. 반색을 하면서 손을 덥석 잡는데 방금 밭을 뒤집은 삽자루였다. 대뜸 어떻게 왔어, 방은 잡았어, 밥을 어데서 먹나 등등 속사포 쏘듯 인사말을 토해낸다.

"박물관 보러 왔지요" 했더니 자기 차에 무조건 올라타라며 시동을 걸었다. 박물관은 고개 두 개 넘은 산자락에 있고, 이 국립공원 내 몇 개 마을에 호텔과 식당을 겸한 집은 단 한 군데뿐이라고.

차에서 내린 곳은 생 루이 레 비치의 고개 넘어 '마이선탈'이었다. 유리공방 마을이다. 흔히 구경거리로 거장들이 씩씩대며 멋지게 유리병을 숨으로 불어 빚어내는 전통 유리공방으로 프랑스에서 제일이라며 자랑하던 곳이다. 그렇게 아저씨는 친절하게 호텔까지 데려다주고 이따 보자며 휑하니 가버렸다. 나중에 알게 되었지만 과거 유리장이던 이 동네 노인들은 자원봉사자로 해설도 하면서 박물관의 대소사를 도맡고 있었다. 사실상 인간문화재였다.

숲속의 호젓한 계곡 개울가에 파묻힌 호텔은 풍뎅이가 기어오르는 토기에 나리꽃을 심어 울을 둘렀다. 응접실과 식당 겸 바가 이어지는 아래층은 깨끗하다 못해 반지르르했다. 지도, 놀이기구, 구식 기름 짜는 기계, 100년도 더 된 투박한 옛날 스키 한 짝이 여기저기 구석을 지켰다. 창을 가린 옥양목에 프린트한 커튼의 푸른 전원 그림 사이로 오순도순 수작을 부리면서 우물가의 애인들이 숨어 있었다. 방 열쇠는 작은 나막신 고리에 대롱대는 것이니 방으로 들어가기 전부터 사무적인 '카드키' 보다 마음도 느긋해진다.

아래층으로 내려와 점심을 먹다가 크리스털 박물관의 기술개발 책임자, 크리스티앙 셰퍼 씨를 만났다. 옆자리에 있던 이 사람이 안주인에게 교통편을 푸념하는 내 말을 듣고 있다가 안내를 자청했다. 이런 운이라도 따라주지 않으면 무슨 재미로 여행을 할꼬.

셰퍼 씨의 차에 동승해 언덕을 오르고 비탈을 지쳐 내려가자 방대한 건물군이 나타났다. 참, 이 박물관은 지금도 계속 가동 중인 이 크리스털 생산 현장을 박물관으로 연계해 개편한 이색적인 실험을 하고 있다. 그 큰 건물 안에 공장과 연구실과 수장고가 함께 들어서 있다. 이론상 학계에서 라틴어로 구호를 삼은 '인 시투' 에 충실한 박물관이다. 유물이 원래 있던 제자리를 지키는 것을 중시하는 이 새로운 이론에 따라 발족한 박물관이니, 그 역사적 중요성은 오죽하랴.

이런 이론은 근대의 박물관이 물불 가리지 않고 유물을 끌어 모아 보존하는 데에만 골몰하는 방법을 비판하면서 제기된 이념이다. 유물을 모아 거창하게 '세계에서 제일' 이라든가 하는 제국주의적 발상을 부채질한 것은 사실, 매력적인 문인이지만 패권적 수집광 취미를 정당화한 앙드레 말로의 '상상박물관' 이라는 발상이 큰 영향을 주었다.

유물이든 작품이든, 박물관과 미술관에 들여놓는 그 물건 자체만으로 예술이 되지 않고, 그것이 놓여 있던 그 장소, 그 자리와 함께 예술이 되는 것이라는 생각은 오래전에 나왔다. 나폴레옹 시대에 로마에서 파리로 걸작들을 옮겨다가 파리를 아테네와 로마에 버금가는 예술의 수도로 만들겠다는 발상을 비판한 카트르메르 드 캥시라는 선구자기 있었다. 그는 "로마는 커다란 책"이라면서, 그곳에서 걸작들을 탈취하는 것은 그 걸작들을 파괴하는 짓이니, "위대한 책장을 뜯어내는 것과 같다"는 명언을 남겼다. 1796년의 일이다.

역사적 현장을 중시하자는 반성은 주로 몰지각하고 무분별한 관광산업계에 대한 경고에서 나왔다. 관광지 박물관들에서 아무 내력도 모르는 어수룩한 내외국인 관객을 유치하려고 전시물마저 조작하는 추태가 만연하고 도를 넘어섰기 때문이다. 남프랑스 해안가에서 역사적 마을로 급조되는 곳이 어디 한둘인가. 왕년의 인기도 역량도 바닥이 난 말년의 가수가 갈 데가 없을 때나 찾아와 공연하곤 했던 우리나라처럼, 그런 예술가들을 모셔다놓는 미술관도 한둘이 아니다. 또 폴 고갱이라는 예술의 순교자가 없었다면 누가 핵실험으로 오염된 남태평양에 초대를 할 수 있을까. 그의 작품도 없는 곳인데.

스위스 산골짜기 호숫가는 침울하게 은둔하는 부정한 망명객들로 넘치는데, 이런 곳에서 누가 명랑한 소풍을 즐길 수 있을까. 관광객을 끌자면 어쨌든 그럴듯한 간판이 있어야 하니 없는 전설도 지어내고 없던 생활까지 꾸며낸다.

그렇게 어느 곳이나 첫발을 들여놓을 때 인상이 좀 중요한가! 그런데 여기 생 루이 박물관은 만점이었다. 콘크리트와 철재 쇠시리와 판

생 루이 크리스털 박물관

생 루이 크리스털 박물관

자를 짜맞춰놓아, 거대한 공작교실로 보이는 실내의 한구석이 눈에
들어오기가 무섭게 통일신라 5층 석탑쯤 되는 샹들리에가 떡 버티고
있었다.

입구에서 곧장 이어지는 낭하는 4층까지 계단 없이 비스듬한 층계
참을 빙빙 돌아 올라가는 식이다. 그 낭하 사이로 수십 미터 폭과 깊
이로 황토빛 웅덩이가 어지럽게 심연을 그린다. 석영을 캐던 그 자리
다. 고고학 발굴지의 위용을 뽐내면서 그 한가운데 천장에서부터 구
덩이 속으로 호젓이, 별천지 속의 거대한 나비처럼 휘황찬란한 크리
스털 샹들리에들이 불을 밝혔다.

맨 꼭대기까지 올라간 다음 밑으로 내려오며 낭하 주변의 진열장
물건들을 보는 것이 좋을 듯했다. 우선 건물을 막힌 데 없이 가건물
처럼 개방형으로 한다는 발상은 이제 차츰 호평받는 수법이다. 그런
데 이곳에서는 투명한 수정水晶 효과를 극도로 살리도록 번쩍임이 없
는 나무와 슬레이트를 건축 자재로 썼다. 또 불가분 지지대와 조명에
쓰이는 금속재도 부드러운 청회색으로 마감했다. 그러니 청아하고
순수한 크리스털의 광채는 더없이 돋보일 수밖에. 그뿐인가. 오직 명
품들 앞에 두른 유리창만이 아슬아슬하게 비치는 속옷 차림으로 숨
막히게 하는 여인처럼, 다가올 듯 멀어질 듯 실루엣을 숨기곤 했다.

제왕의 이름을 붙여 역사에 이름을 남긴 잔이나 화병, 승전배도 즐
비하다. 과감하게 속살을 도려낸 물주전자에서 제왕절개를 하는 의
사의 단호한 손놀림을 연상할 만하다. 화려함에 품위를 더하기 위해
유리덩어리를 어떻게 파헤치고, 어디에서 손을 떼어야 할지 수많은

밤을 고심했을 그 솜씨가 침을 말리고 목을 태운다.

수정은 찬란한 아픔을 겪고서야 눈부시게 아름다워진다. 성형의 고통을 견디는 여인의 아픔도 수정에 비하면 별것 아니다. 살을 지지며 녹아내리는, 펄펄 끓는 쇳물을 견뎌야 하는 청동상의 아픔도 약과다. 수정은 마취도 하지 않고 제 뼈를 도려내고 깎아내야만 찬란한 아름다움을 보여줄 수 있다.

그런데 가느다랗게 잔의 입술에 돌려놓은 황금 띠는 걸작을 낳을 절정의 맵시를 향한 실낱같은 희망을 아로새긴 듯하다. 아무런 새김도 무늬도 없이 그저 둥글게 부풀어 한 손에 꼭 잡히는 날렵한 모습으로 물 한 모금과 술 한 잔을 적시는 사람을 사로잡을 잔들이다. 옥과 호박, 산호와 에메랄드 등 다른 보석의 고유한 빛깔에 도전한 이 찬란한 색채에 얼마나 많은 노력을 기울였을까. 또 파란 크리스털 덩어리에 성왕聖王의 서명만을 넣은 문진도 편지나 일기를 쓰는 사람의 복잡한 머릿속을 어지간히 시원하게 풀어주겠다.

패물에 주력하는 '바카라 크리스털'과, 장식적이며 창의적인 병 종류를 주도하는 '생 랑베르 크리스털'의 명성도 수백 년간 모스크바 황실부터 리스본 궁전까지 전 세계의 궁궐과 별장에서, 숱한 남녀의 일상과 잔치를 짜릿하고 들뜬 순간으로 밝혀주었을 생 루이 제품의 자부심에 견주지 못한다.

요즘 개발된 것들은 여성취향을 중시한다. 고전적인 디자인의 병과 잔은 날씬하면서도 튼튼하다. 그 입술은 감미로운 꽃잎처럼 벌어

생 루이 크리스털 박물관

생 루이 크리스털 박물관

졌다. 꽃봉오리처럼 아물어진 잔은 모차르트의 이름을 따서 '아마데우스'라는 이름을 붙였다. 털북숭이 투박한 사내의 손에 쥐여진다면 분명 어색하리라. 그래도 그 거울도 아닌 거울의 우아하게 흘러내리는 구면에 취하다 보니 고운 손과 목덜미가 아름다운 여인의 프로필이 홀연히 어른거렸다. 도도한 척해도 몸에 배인 겸손이 술잔을 잡은 손에서 저절로 우러나던 여인이다.

크리스털의 광채를 지켜보니 미미한 신경의 발작으로 체온이 올라간다. 그 미미한 온기, 별것 아닌 기온차로도 극지에서 빙하가 녹아내리고 오로라가 천지를 휘황하게 물들이고, 실물과 이미지를 뒤죽박죽으로 섞어 쭈그러뜨리고 얼음물과 화염 속으로 함께 끌어들이듯이, 마음이 흔들린다. 내 몸이 내 몸인지, 멀쩡한지, 내가 한 줌의 기이한 가루나 연기나 그림자처럼 풀썩 사라져버린 것은 아닌지 마음이 썰렁해진다. 얼어붙은 추위 속에서 타오르는 오로라와 피 말리는 폭염 속에서 타오르는 신기루처럼 덧없다.

그러다가 다시 눈을 껌뻑거려보니 낯선 사내의 퀭한 시선과 부딪치며 깜짝 놀라고 만다. 바로 나 자신인 줄도 모르고. 이런 착각은 유명 작가들에게나 찾아오는 것인 줄 알았더니 꼭 그렇지만도 않았다. 그래도 착각이나마 기적이라 여기지 못한다면 우리 삶은 얼마나 남루할까. 공상과 현실이 기를 쓰며 엎치락뒤치락하는 틈바구니에서 그럭저럭 살아가는 우리들이니까.

전시관과 별도로 농구장만 한 매장은 더욱 걸작이다. 공들여 세팅한 백화점과 다르게 되는 대로 종이에 둘둘 말아 쌓아놓은 그 물건이 대체 얼마짜리인가. 멀리 이 산골을 찾은 손님에게 파격적인 값으로 대접을 한다. 그래도 몇 개만 잡아도 동그라미 예닐곱 개를 금세 넘긴다. 제값을 하는 진정한 명품이니 비싸다는 느낌은 안 든다. 되레 너무 싸다는 느낌을 받을 수도 있겠다. 파리나 브뤼셀에 비해서. 서울이나 홍콩에 비해서는 물론이고. 그렇지만 이곳 사람들은 이런 제품도 대수롭지 않게 여긴다. 원래 생 루이 크리스털의 진가는 샹들리에 제품에 있는 데다 방대한 수출 물량에 비하면 별것 아니라는 말이다. 여러 세대에 걸쳐 그 명품들이 전 세계 소비자의 구미를 당겨왔기 때문이다. 또 장식을 위한 소품보다 거대한 연회에 일습으로 올리는 '테이블 웨어'의 실용성을 중시한다는 자부심은 대단하다.

그런데 무더기로 선반에 늘어놓거나 갱지로 둘둘 말아놓은 그 물건들은 집에 가서 식탁 위에서 진가를 발휘하지 않을까. 백화점 진열대처럼 화병과 손수건과 촛대로 화려하게 장식한 식탁 위에 놓았던 것을 집에 가서 내 식탁 위에 올려놓고 보면 번번이 그만 못하게 느껴지기도 한다. 아무것도 아닌 듯이 뒹굴던 것을 내가 꺾은 꽃과, 내가 놓은 수저 곁에 놓고 물과 술을 부었을 때, 그 잔은 더욱 돋보이고 집 안에 없던 격조까지 빚어내곤 하는데!

크리스티앙 셰퍼의 말로는 직원이 150명이다. 고급 인력이 대부분인 이 공장이자 연구소이자 박물관에서 연간 천문학적인 매출을 올리고 있음이 분명하다. 효율성과 수지를 고려해볼 때 전통을 존중하고 되살리는 사람들만이 거둘 수 있는 알찬 성과요, 훌륭한 문화 정책의 모범이다.

술잔을 골라들고 계산하려고 하자 카운터 아주머니가 어느 나라에서 왔냐고 물었다. "비밀!"이라고 농담을 하자, 정색을 하며 정말로 가르쳐주어야 한다고 애원하며 예쁜 척을 했다. 왜냐고 물었더니 국립박물관은 컴퓨터를 갖춘 뒤로 수요 파악을 위해 정보를 수집한다고 했다. 나는 남한에서 왔다고 침울하게 '남쪽'을 힘주어 말했다. 이곳 사람들은 남북한을 곧잘 헷갈려 하곤 하니까. 그랬더니,

"개관 이래 최초의 한국 손님이네요."
-그래요? 두 번째 손님이 누가 될까요?

이 한마디를 던지고 문을 열어 밖으로 나서려는데 갑자기 먹구름이 전속력으로 몰려들더니 장대 같은 빗줄기를 퍼부었다.

"하느님도 가기 싫은 내 마음을 알아주시나 보다"라고 하자 아주머니는 의자를 가져다주었다. 나는 주저앉았다. 점점 어두워오는 창가에서 더욱 밝게 폭죽처럼 터지는 수정의 광채 사이로 또다시 떠오르는 얼굴들이 있었다.

다음 날 새벽에 호텔을 빠져나왔다. 맞은편 언덕에서 한 여인이 승용차에 오르고 있었다. 먼 출근길에 오르는 모양이다.

　높은 고개를 넘고 넘어 고갯마루에 오르자 멀리 주름진 산자락 사이로 구름이 경이로운 보랏빛 비단뱀처럼 미끄러지고 있었다. 라인 강 너머 독일 쪽은 이미 아침이 밝았으리라.

　그때 바로 차창 앞 수풀에서 여우 한 마리가 불쑥 고개를 내밀고 튀어나왔다. 앳되고 큰 눈망울로 나를 올려다보았다. 누가 여우를 간교하고 못된 짐승이라고 했을까? 동물원 여우는 여우도 아니었다. 그렇게 귀여운 짐승에게 어떻게 홀리지 않을 수 있을까?

생 루이 크리스털 박물관

인쇄 박물관

납활자를 녹이며

인쇄 박물관, 낭트, 프랑스

보주 국립공원을 새벽에 빠져나와 스트라스부르에서 파리로, 파리 시내를 지하철로 관통해 몽파르나스 역에서 다시 서쪽 대서양 연안 낭트까지 프랑스를 횡단했다. 이 나라의 끝에서 끝으로, 동북단에서 중서부 끝까지 그렇게 낭트에 도착했다. 너무 먼 길이라 그 전날 저녁에 해안의 나치 독일군이 조성한 잠수함 비밀 기지를 보러 갔다가 그 근처에서 그 밤을 묵었다. 독일에서는 가끔 보았던 숨이 턱 막히는 구조물이지만 프랑스에서는 처음이었다. 나른한 예술적 몽상이 아니라, 목숨을 건 싸움을 준비할 때 인간은 가장 첨예한 상상력을 발휘한다는 사실을 다시 한 번 확인했다. 그리고 이튿날 오전에 낭트 시내로 돌아왔다.

시내로 들어서는 광장에서 반기는 사람들이 있었다. 프랑스 국철 직원들이다. 정부에서 시도하는 국영화에 반대하는 시위와 호소문을 배포하고 있었다. 턱수염을 기른 잘생긴 청년이 다가왔다. '콩파뇽' 패들이 "봉 드리유(착한 녀석)"라고 불렀을 청년이다. 옛날에 이곳에서 일하던 제지 조합원의 노래가 귀에 선하다.

"이른 아침에 일어나 나는
제지공 청년 만세!
를 외치네
이른 아침에 일어나 나는
백지장 만세!
를 외치네
방방곡곡 돌아다니는
제지공 청년 만세!
를"

조합원들이 횃불이나 깃발, 장대나 양초를 드는 대신 종이 인쇄물을 돌리는 점만 달랐다. 리옹의 '카뉘(견직공)'처럼 청년들이 혁명과 민주적 봉기를 주도했던 전통은 일터에서 문제를 제기하는 점에서 대학생 위주의 낭만적인 요즘 학생운동이나 사회운동과 다르다. 물론 학생운동이 낭만성이 짙다고 해서 폭력과 희생마저 낭만적이지는 않지만. 얼마나 많은 친구들이 군에서, 거리에서 피를 흘리고 다치고 죽었고, 만신창이로 삶을 망쳤는데.

루아르 강 하구의 낭트 섬은 여의도처럼 길쭉하게 강남북을 가른다. 그 우안 하구에 '메디아테크'라고 개칭해서 부르는 사실상 도서관 더하기 고문서보관소가 있다. 그 길 건너 강변의 넓은 J. B. 다비에 광장은 주말을 맞아 복닥대는 장이 섰다.

메디아테크에 붙은 인쇄 박물관은 지그재그로 엇갈린 층계의 오르막 경사에 자리 잡은 입지를 멋지게 소화했다. 협궤 전차 '트람'이 지나는 길가다. 바로 그 철로변 카페에 알제리, 모로코 등 북아프리카 출신으로 '마그레뱅'이라고 부르는 사람들이 죽치고 있었다.

검은 차도르를 걸치거나 머리에 수건만 쓴 아주머니들과 손수레에 앉은 아기들과 장바구니를 들고 나온, 북아프리카 전통 벙거지를 쓴 노인들, 야하게 멋을 낸 아가씨들과 소년소녀들로 장터는 물건보다 사람이 더 많고 화려했다. 요소요소 거리의 악사들이 죽치고, 옷가지를 흔들며 호객하는 아저씨는 완전히 남대문시장 사람이다.

장터 구경을 하고 나서 잠시 카페에 앉아 한숨 돌리고 박물관으로 들어섰다. 나이가 지긋한 아주머니가 뜨개질을 하며 앉아 있다가 반긴다. 사진 촬영은 금지다. 이 박물관 소장품은 기증자가 생존해 있어 지적 재산권을 행사한다. 물론 시에 기증했고 시 당국에서 박물관 공간을 마련했다. 그래도 복잡한 계약관계 때문에 유물의 초상권을 존중해야 한다.

박물관은 수더분하다. 장식과 조명에 공을 들이거나 잘 다듬지 않았다. 수수한 보통 대학의 실험실에 들어선 인상이다. 그런데 그것이

다비에 광장시장, 낭트

나쁘지 않다. 워낙 쓸데없는 게시물과 화려한 치장과 조명에 돈을 들이는 박물관에 비해 오히려 친근하게 다가온다. 별다른 특징이 없는 유리관들이 벽에 기댄 현관에서부터 물건들은 탐이 날 만큼 흥미롭고 풍부했다. 작은 성냥갑부터 화장분갑 등 판지와 금속판에 삼색으로 인쇄하던 지지난 세기의 자잘한 물건들이다.

첫 번째 방으로 들어서면서부터 잉크 냄새와 납 냄새가 풍겼다. 지난 500년간의 활판 인쇄술의 역사를 냄새로 녹여내는 것일까.

우선 거대한 복제용 사진기가 방을 가득 채우고 있다. 첫 번째 전시실과 두 번째 전시실은 툭 트여 나뉘어 있고, 사무실만 벽 속에 갇혔다. 두 번째 방 한가운데서 주부들이 조용하게 종이에 글씨를 그리고 있었다. 석판화를 찍으려는 밑그림이다. 중세 필사본에서 따낸 깃털이나 빳빳하고 고상하게 뻗어난 풀잎, 수선화나 붓꽃을 닮은 글씨들, 서양식 서예書藝인 셈이다.

크리스틴과의 즐거운 수다

안내를 맡은 크리스틴이 불쑥 말을 걸어왔다. 석판들을 책꽂이처럼 칸칸이 꽂아놓고, 잉크병을 그 선반 위에 올린 거대한 벽장 앞에 서서, 석판에 적힌 굵은 고유 번호들에 넋을 놓고 있을 때였다.

크리스틴은 소장품마다 일일이 친절하게 설명해주었다. 인쇄도 함께 해보았다. 톱니바퀴와 롤러를 사용하지 않고 활판에 종이를 얹고 무거운 쇳덩이로 손잡이를 끌어당겨 단김에 위에서 눌러 찍어냈다. 잉크를 개고 롤러를 굴리고 하면서.

그녀가 시범을 보인 '리노타입(또는 라이노타이프라고도 한다)'이 재미있었다. 사식기의 일종이다. 독일인 시계 기술자 오트마르 마르겐탈러가 1884년에 발명한 기술이다. 그녀가 자판을 두드리자, 기계 위로 높게, 칸칸이 줄지어 있던 활자가 내려와 활판 위에 한 행을 이루며 떨어진다. 그 한 행 분량을 즉석에서 교정을 봐가며 바꿀 것은 바꿔넣는다. 그러고 나서 기계 옆에 준비해둔 녹인 납을 부어 이 한 행짜리 납활자를 즉석에서 떠낸다. 이 납작한 행들을 모아 조판을 한 뒤 인쇄하는 방식이다. 이 납활자는 다시 녹여 재활용한다.

크리스틴은 능숙한 솜씨로 전 과정을 해 보였다.

"크리스틴, 신문사 하나 차려도 되겠네!"

그랬더니 전산화하기 전인 얼마 전까지도 일간 르 몽드 지는 이 기술로 신문을 찍어냈다고 했다. 이렇게 인쇄 작업을 함께 하다 보니 오래된 친구 사이처럼 스스럼없어졌다. 크리스틴도 이 낯선 사내의 등장에 조금 신나했다. 이곳만이 아니라 리옹과 보르도, 또 안트베르펜과 스위스 프리부르 인쇄 박물관 이야기와 질문을 척척 소화해내는 그녀의 박식함이 놀라웠다. 질문은 더더욱 자질구레해졌고 별의별 문답으로 우리는 박물관 안을 메아리로 채웠다.

궁금했던 질문을 꺼냈다. 롤러 이전에 잉크를 먹이는 도구(방망이처럼 생긴)가 있냐고. 있었다. 크리스틴은 생각보다 큼직하게 지름이 15센티미터가량 되는 방망이를 찾아 내왔다. 그 가죽이 여전히 개가

인쇄 박물관

인쇄 박물관

죽일까. 맞았다, 개가죽이었다. 하지만 무슨 종의 개가죽일까?

"설마 카니슈나 코카스파니엘은 아니겠지. 크리스틴, 코카스파니엘 좋아해? 너무 좋아하지 마. 서방들이 출장 갈 때 마누라 지키라고 붙여주던 놈이니까!"

"질기고 험상궂은 불도그 같은 사냥개 종류 아닐까, 큰 놈?"

이 말을 하면서 그녀는 갸름한 얼굴로 입 안에 바람을 불어넣고 이 맛살을 찌푸리게 한다. 아이고, 하나도 안 우스워요!

"달마티안이 크지만 얼룩무늬는 아니고 그냥 보통 누렁이 같은, 황소같이 큰…"

"아 우리나라에서 똥개라고 잡아먹는 것이거든. 그 껍질을 좋아하는 미식가들이 있고 프랑스 친구들도 맛있다며 잘 먹거든."

그녀는 이 말을 듣고서도 태연했다. 물론 그렇다고 내가 군침을 삼킨 것은 아니다!

우리는 "인쇄에 매달리다 보니까, 언젠가는 인쇄술이 모든 것을 '뒤집을 수 있다' 는 것을 알게 되었다고 누가 그랬었지?"라는 둥 화제를 이어가면서 개가죽 자루로 잉크를 두드려 묻힌 종이를 찍어내고 뒤집고 했다.

우리가 작업과 수다로 소란을 피우자 옆에서 글쓰기에 몰두하던 주부들이 모두 고개를 쳐들고 우리를 돌아보았다. 우리는 함께 판매용 책자가 있는 코너로 갔다. 보르도 석판인쇄소에서 찍은 알파벳을

배우는 책자가 한구석에 처박혀 있었다. 보르도 인쇄소와 출판의 번
성은 명성이 자자하다. 특히 문인들의 문집, 시화집 같은 것에서 희
귀본을 많이 내놓았다. 이 박물관에 인쇄 장비들과 나란히 이런 책자
들이 함께 있었다면 하는 아쉬움은 컸다. 보르도 인쇄 박물관은 얼마
전 화재로 현재 문을 닫고 보수 중이다.

엄격함 대신 부드러움과 공상이!

벽에 주황색으로 아랍 문자 하나만 덜렁 새긴 두꺼운 켄트지가 걸
려 있었다. 그 뜻은 얼핏 보기에는 아일랜드의 고문자 같기도 하고,
우리네 병풍 속에 등장하는 용龍으로도 보였다. 그 힘차면서도 알쏭
달쏭한 비틀림이 매혹적이다. 그 옆에 어린이와 일반인을 위한 세계
문자 비교도표가 붙어 있다. 매우 알뜰하고 즐거운 비교 문자판이다.
한문과 일본 문자 옆이나 사이에 한글은 없다. 섭섭하게도.
　신문에서도 종종 한탄하듯이, 우리 한글 자모는 물론이고 구텐베
르크보다 앞선 금속활자의 때 이른 발명을 유럽 사람들은 거의 모르
고 있다. 그렇다고 우리가 이 사람들에게 볼멘소리를 할 만한 입장도
아니다. 미국을 비롯한 여러 나라 책자에 최초의 금속활자 발명은 소
개되지 않고 있다. 하지만 리옹의 박물관에 그보다 늦은 것이지만 우
리의 금속활자가 있다. 또 전문 서적에도 우리 학자의 논문이 실려
있어 전문가들은 대체로 잘 알고 있다. 단지 대중이나 박물관에서 일
일이 그런 것을 확인하거나 알리지 못하고 있다. 국제기구 등을 통한

홍보나 학술활동이 부진하기 때문이다.

우리의 청주고인쇄 박물관 터는 홍덕사지에 그 전설과 용마루 등이 훌륭하다. 그런데 그 박물관 이름에 걸맞은지는 의문이다. 조잡한 마네킹들이 과거 우리의 활자공방을 재현하거나 복사본 인쇄물 몇 점뿐 세계 최초의 금속활자를 자랑할 만한 위상에 어울리지 않는다.

우리의 인쇄와 출판에서 수많은 사람이 매달려 일하고 책을 만들던 도약적인 지난 30여 년 가까이 사진식자는 우리 출판을 지탱해준 유용한 기술이었다. 하지만 이 기계 하나 보존되거나 다시 볼 수 있는 곳이 없다. 자판을 두드리려 촬영한 필름을 인화하고 그 불편하고 까다로운 교정을 인화지에서 조심스럽고, 때로는 절묘하게 잘라내어 고치곤 했던 우리 편집자들의 고충과 노고가 없었다면, 활판본에서 컴퓨터 전자인쇄의 책으로 넘어오던 과정에서 출판의 공백이 어떠했을까?

남성들이 맡았던 활판의 식자와 조판은 여성들에게 넘어갔다. 수많은 여성이 을지로, 영등포 등 전국 각지에서 사진식자기에 매달려 방대한 문장을 두드렸다. 수많은 잡지와 단행본 편집자들이 그 매끄러운 인화지를 도려내고 고치면서 재미있어 하고 또 고생했다. 이렇게 번거롭지만 상당히 여성화한 기술 때문에 출판물의 성격도 달라진 면이 있다. 엄격함 대신 부드러움과 공상이 자리 잡았다. 활판에 눌리는 것 대신 사진으로 촬영되는 복제본의 기분이 책 자체를 가볍고 더욱 대중 성향으로 만들지 않았을까? 이런 기술로 제작된 책이

브르타뉴 공작 성, 낭트

얼마나 남아 있을까?

여기에 종사하던 많은 사람이 이제 부모가 되고 손자손녀도 보고 했을 것이다. 그 사람들이 아이들 손을 잡고 찾아가볼 만한 박물관 같은 것은 없다. 자신의 일터에서 청춘을 바쳐 일했던 시간을 가족과 다음 세대에게 들려줄 자리는 없다. 모두가 덧없는 연기처럼 사라져 버리는 편이 낫다고 생각하기 때문일까?

박물관이 먼 옛날의 기억만 되살려주기보다 아직 기억과 체험이 생생하게 살아 있는 세대와 더불어 그것을 체험하지 못한 신세대와 함께 공유할 때, 우리의 문화와 전통에 대한 징검다리식, 절름발이식 이해와 구호도 변할 수 있지 않을까?

왜 할머니나 엄마가 젊었을 때 오늘의 책과 다른 형태의 책을 읽을 수밖에 없었는지, 아이들은 이해하게 되지 않을까? 지금의 책이 좋은 점도 있지만 이전 책의 장점이 사라지기도 했다는 사실도 알게 되지 않을까? 교정이라는 것에 들이는 수고와 공이 어떤 것이었는지, 교정이 손쉬워지면서 되레 오탈자가 더욱 늘어나지 않았는지….

이런 기술적 바탕이 글을 쓰는 사람의 생각과 태도에, 그 상상과 이념에까지 영향을 주기도 했을 텐데. 우리말과 글이 오직 글을 쓰는 사람의 사고와 재능으로만 세련되어지는 것은 아니라는 점을 되새길 좋은 기회일 텐데.

　박물관에서 크리스틴의 도움으로 직접 찍은 인쇄물을 말아넣은 통이 바주카 포신처럼 우람했다. 그녀에게 작별을 고하고 꼭 다시 오마 하고, 다음번에는 내 책을 찍어다오 하면서 박물관을 나섰다. 늘 짧은 만남에 긴 이별, 길고 길 이별이다.

　대합실로 올라가니 만원이다. 게다가 주말이라 북적대는 인파에 지친 표정으로 무리를 진 배낭족의 군상도 여기저기 눈에 들어왔다. 나 역시 피곤해 어디 앉을 자리를 찾아보려 해도 쉽지 않았다. 그렇게 대합실을 한 바퀴 돌다 겨우 자리 하나를 찾았다. 그 옆자리에 할머니 한 분이 보따리를 끌어안고 앉아 계셨다. 빈자리인지 묻고 나서 엉덩이를 디밀고 두 다리를 뻗으니 살 것 같았다. 바로 그때 엄청나게 갈라진 허스키로 연극 무대에서 날아오는 듯, 한마디가 귓전을 때렸다.

　"아니 이 할미가 무섭지도 않아? 젊은이!"

　바로 할머니가 애들한테 겁주는 우스운 표정을 지으며 던진 말이었다.

　"무섭다구요? 무슨 말씀이세요. 이렇게 고우신데! 마담, 마담 곁이 더 뜨끈하지요."

　그랬더니 할머니는 되레 "그래, 내 미모는 여전하지. 눈썰미가 제대로 박힌 사람이 아직 있구먼!" 하면서 여유만만 농담을 이어갔다. 그렇게 해서 보통 목소리로 돌아온 할머니와 입담이 이어졌다.

사실 노파 곁에 사람들은 잘 앉으려 하지 않는다. 할머니의 패기 넘치는 넉살 뒤에 그런 세태에 대한 아쉬움이 끈끈하게 묻어나왔다. 프랑스에서 아무리 연로한 노파에게도 할머니라는 호칭을 입에 담는 것은 어마어마한 실례다. 심지어 독신으로 늙은 노인이라도 '마드무아젤' 즉 아무개 '양'이라고 불러야 예의바른 말이다. 할머니라는 말은 손자나 친밀하게 부르는 것이지, 그 말 자체가 늙은이라는 다소 미묘한 경멸의 뜻을 담고 있다고 받아들이기 때문이다. 쥘 미슐레의 말대로 이 세상에 "늙은 여자란 없으니까." 프랑스에서 노인을 보살피는 제도가 아무리 잘 갖춰져 있다 해도 우리네처럼 노인을 자연스럽게 존경하고 배려하는 인정은 메말랐다.

할머니는 보따리에 말린 소시지와 직접 담근 잼 등 먹을거리를 잔뜩 챙기고서 고속철로 대학에 다니는 아들을 보러 가는 길이었다. 고속열차가 아무리 빠르다 해도 다섯 시간 넘게 달려야 하는 고된 길이다. 게다가 고속을 견뎌야 하기 때문에 완행열차보다 노년의 피곤은 상당할 것이다. 그래도 할머니는 아들을 볼 즐거움에 먼 여행일지라도 상기된 기색이었다. 자식들이 부모를 찾아오기 마련인데도 할머니가 영감님과 함께하는 여행도 아니고 혼자 먼 길을 나선 데에는 그만한 사연이 있겠지. 아직도 그 열차가 오려면 한 시간 가까이 남았는데 배웅해주는 사람도 없이 일찌감치 전광판 시계를 주시하면서 때를 기다리는 할머니의 초조함은 얼마나 깊고 아름다운지!

할머니는 "세상이 좋아졌어"라면서 기차 타던 옛일을 회상했다. 사람들이 곁의 빈자리를 놔두는 그 혼잡 속의 고립 가운데 당당함을 잃지 않고 '살아가는 예술'의 경지에 오른 달인처럼 툭툭 던지는 할머니의 한마디 한마디는 그 자체가 좁아터져만 가는 우리의 속내를 나무라는 최상의 은유법이고 격언이었다.

또다시 멀리, 동남쪽 오베르뉴 지방으로 온종일 나를 싣고 달려야 할 기차가 먼저 도착했다. 할머니께 "그 먼 길을 다니실 만큼 건강하니까 얼마나 좋으세요, 잘 다녀오세요."

이렇게 인사를 덧붙이면서 뺨에 가벼운 입맞춤을 하고 헤어졌다. 할머니가 보따리를 여전히 한 손으로 부여안은 채, 다른 한 손으로 내 목덜미를 부둥켜안는 그 손길과 체온에는 세상 모든 부모의 사랑이 녹아 있는 듯했다.

예술과 산업 박물관

공장 옆 박물관

예술과 산업 박물관, 생테티엔, 프랑스

주말 아침. 몇 블록을 돌아도 완전히 쥐죽은 듯한 길목에서 불이 켜진 맥도날드가 보였다. 8시. 둔중한 청소기를 미는 뚱뚱한 젊은 여인의 발걸음과 표정은 장례 행진에서나 볼 수 있는 것이었다. 침울하고 느리고 무거워, 공상과학영화 속의 유령이 파리한 형광 불빛을 받으며 천천히 이동하는 모습이었다.

생테티엔은 탄전과 경공업 단지로서 노사분규와 파업으로 얼룩진 이미지로 잘 알려져 있다. 과거의 산업체들이 폐업하거나 해외로 근거지를 옮겨가면서 도시도 텅 빌 위기에 처하기도 했다.

박물관 등 문화시설은 대도시에 몰려 있다. 그러니 작은 도시와 농촌 사람이 문화적 혜택을 누릴 기회는 점점 더 줄어든다. 덩달아 농촌과 공단 지역은 주거도, 인구도 줄어들어 황폐해진다.

공장과 산업체는 매정하게 떠난다. 물도 땅의 자원도 메마르고, 공기도 오염되고 햇빛마저 시들해지면, 여지없이 떠난다. 경기가 나빠도 마찬가지다. 남은 것이라봐야 칼 마르크스의 말대로, "이기주의적 계산의 얼음같이 차가운 물"뿐이다. 또 그것이 고인 웅덩이들이다. 일하던 사람도 떠난다. 외지에서 몰려왔던 사람들도 풍습을 휘저어놓고 나서는 미련 없이 떠난다. 활기차던 삶의 기억은 얼룩덜룩 빛이 바래고 기억마저 희미하다.

이린 환경에 문화를 되살려보려는 곳으로 독일과 벨기에 지역이 있다. 독일의 루르 탄전 주변의 보쿰, 에센, 부퍼탈을 연계한 지역과 벨기에의 동남부 샤를루아 지역이다. 과거 탄광의 시커먼 먼지를 뒤집어쓴 도시의 이미지를 문화의 힘으로 개선하려 애쓰는 곳들이다. 그런데 생테티엔 지역이 인구와 규모, 과거의 역사적 자산 등이 풍부해서도 그렇겠지만 좀더 역동적으로 보인다. 마침 내가 도착하던 날 저녁에 무기 공장터를 미술학교와 통합해 디자인 박물관으로 개조한 '시테'가 문을 열었다. 10년 가까이 준비한 사업이다. 취역이 끝난 수중탐사 잠수함 '노틸러스'도 일반에 공개했다.

생테티엔 예술과 산업 박물관은 중심가 비탈 위에 불쑥 솟은 웅장한 옛 건물이다. '예술과 산업'이라는 이름을 붙인 박물관으로는 파리 시내의 '예술과 기술' 박물관을 제외하면, 프랑스에서 유일하다. 두 곳 모두 전통 공예와 현대 디자인의 연결고리이자 공통분모를 다룬다. 공예와 디자인에서 흔히 예술성을 따지며 분류하는 '물건'들에 들어가지 않는 것들이다. 그렇지만 이런 분류는 잠정적이다. 세월

예술과 산업 박물관

이 지나면 언제 걸작으로 도약할지 알 수 없다. 우리가 예술품이라고 감탄하는 것은 종종 과거에 일용품 아니었나? 우리 시대, 가까운 옛날의 일용품에 그 기능을 뛰어넘는 순수한 아름다움이 일반적인 예술작품보다 뛰어난 경우도 적지 않다.

약간 비탈에 서 있는 석조건물 앞 화단에, 아름드리나무들이 쭉쭉 뻗었다. 입구부터 화려한 의류와 진열대는 영락없는 백화점이다.

붉은 리본으로만 지은 드레스

1층은 새로 리본 산업을 도입한 방이다. 1980년대까지 현대미술관도 겸했던 이 박물관은 미술관이 변두리로 분가하고 나서 재정비했다. 자전거와 총포 무기류는 이전부터 있었다. 여기에 리본을 추가했다. 지역 산업이라고 하지만 리본을 어떻게 컬렉션으로 꾸몄을까? 세계에서 가장 큰 리본 컬렉션이라는데 단추 같은 것도 이제 곧 그 품목에 들지 않을까? 리본의 용도가 어디까지일까?

계단 위에 붉은 리본으로만 지은 드레스 한 벌이 우아하다. 창가에 붙인 서랍장마다 여행용 반짇고리함 속에 든 실꾸러미처럼 무지개색 실을 지그재그로 엮은 리본이 빼곡하다.

양털에서 빗질하듯 실을 끌어내는 19세기 기계들은 그 진화과정에 따라 진열되었다. 놋쇠 바늘의 굵기를 달리해 긴 것은 몇 미터가 넘는다. 북쪽 지방이나 그 너머 벨기에 산업지역의 박물관 볼 수 있

Union des Fabricants de Roubaix

는 것보다 훨씬 구색을 잘 갖추었다. 천에 무늬를 기계적으로 박아 넣기 전에, 구멍을 뚫는 1880년경의 기계와 전자적 제어장치를 부착하기 전에, 운동의 메커니즘에 따라 움직이는 기계들은 바퀴와 축과 좌우상하, 톱니와 손잡이와 고리를 끌고 밀고 올리고 내리며, 그 힘으로 점점이 무늬를 짠다.

리본은 옷감이나 장신구를 마무리하는 데에도 쓰였다. 무대 커튼을 묶는 술 장식은 다채롭기 그지없다. 샤를 르부르의 19세기 명품과, 솔방울만큼 두툼한 술 장식들도 볼만하다. 깃발과 휘장과 훈장의 마무리에 쓰이는 리본도 흥미롭다. 중국에서 건너오거나 이곳 남쪽에서 생산한 생사生絲를 알맞게 건조하는 법랑기구에, 양잠하는 중국 여인들을 연속적인 그림으로 새겨 넣었다. 이른바 19세기 중후반, 경기가 좋고, 제조업이 활황이라 한창 해외시장을 개척하면서 '중국 취미'가 처음 시작되던 때의 물건이다.

1844년 이 고장 리본 공장을 운영하던, 이시도르 에드는 처음 중국의 개항을 끌어낸 조약대표단으로 범선을 타고 북경을 다녀왔다. 중국 시장을 조사하고, 중국 비단의 비밀을 캐냈다. 이때 그가 갖고 돌아온 것들이다. 그는 그 여로에 아프리카 서부 해안에서 베틀에 매달려 일하는 노예들의 실상을 목격하고 스케치를 남기기도 했다.

위층에 무기武器 컬렉션은 이 지역에서 제작했던 총포와 외국 제품을 망라했다. 이 방에 20세기의 소총 제작 공방을 재현했다. 2000년에 문을 닫은 군수공장의 일부분이다. 여러 장인이 차례로 각 부위를 제작하고 조립하는 과정을 일목요연하게 볼 수 있다.

예술과 산업 박물관

유리장 속에 수평으로 뉘여놓은, 이탈리아에서 제작한 서부활극에서 무법자들이 메고 다니던 윈체스터 소총, 악기상자처럼 늘씬한 상자 속에 척척 접어 넣고 들고 다니던, 조준경을 붙인 저격수용 장총의 실물도 보였다. 결투할 때 애용되던 화승총포는 1600년대 것도 있다. 새시에 장총의 공이쇠는 지구를 떠받는 거인 아틀라스의 모습을 주물로 뜬 것이다. 소설로만 읽었던 삼총사처럼 17세기 기사들이 차고 다니던 권총도 여러 점이 있다. 프랑스 군에 보급한 마스49 소총을 들여다보니, 문득 엠1소총을 분해하고 바늘로 청소하던 일이며, 사대에서 그렇게 짙던 화약 냄새가 코를 찌른다. 잊고만 싶던 기억이다. 괴청년으로서 병영생활에 적응하지 못해 '고문관' 소리를 듣던 나는 사격장에만 가면 백발백중, 다른 고참과 동료들이 밭두렁을 기며 곤욕을 치를 때, 화랑담배 피면서 시원한 바람을 쐬곤 했다. 하지만 그 날 저녁 불어올 역풍을 생각하면 즐겁기만 한 일도 아니었다. 아무튼 군생활 부적격자가 '말뚝을 박아라' 는 둥 별 불길한 소리까지 듣기도 했다. 그때까지 말뚝이라면 호젓한 물가, 그윽한 숲속에 박아야 하는 줄 알았는데.

사진은 공격적인 예술이다

바늘만 한 굵기로 보이는 표적에 척척 총알을 꽂아대는 소총의 성능도 소름끼쳤지만, 내 안에 암살자 '자칼' 의 재능이 숨어 있다는 사

예술과 산업 박물관

실이 더욱 끔찍했다. 이런 것이 민족적 기질이라면 그것도 유감이고. 1903년에 대한제국을 찾아서 서울에서 사격대회를 참관했던 한 영국 사람은 엉성한 복장의 한국 사병들이 열강의 사수들을 물리치는 뛰어난 사격 솜씨에 감탄한 적이 있다. 우리 모두 이런 소질을 어느 정도 물려받은 것인지도 모르겠다. 양궁에서 세계를 제패하는 우리 선수들이니. 백마를 타고 쏜살처럼 살을 날리며 호랑이를 잡던 명사수의 후예 아닌가. 그렇게 정조준하고 명중시키는 솜씨로, 사진 같은 '공격적인 예술'에서 명장이 많이 나올 수도 있지 않을까?

무기 진열장들 한복판에 쇠망치를 든 야윈 소년상을 세웠다. 바깥 지붕들이 내다보이는 구석 쪽에 청바지와 웨스턴 풍과 팝아트 수법으로 수십 배로 확대된 연발권총을 자빠뜨려 놓았다. 출입구 쪽은 17세기 갑주甲冑로 무장한 창기병이 지킨다.

쥘 미슐레가 "중세의 무기를 둘러보고, 기사들에게 괴상한 옷차림을 하게 했던 육중한 쇳덩어리를 구경하고 나서 자연사박물관으로 건너가 갑각류의 무기를 보면, 인간의 솜씨가 딱하다"고 했던 모습이다. 미슐레의 말을 좀더 들어보자.

"갑옷의 기사들은 답답하고, 거추장스럽고 꼼짝달싹하기 어려운, 엉뚱한 치장이다. 그런데 무시무시한 10개짜리 다리로 무장한 갑각류는 정말 겁이 난다. 또 이것이 만약 사람 크기로 크기만 한다면, 차마 눈뜨고 보기 어려울 것이다. (…)

인간의 멋지고 날씬한 형태는 세 부분으로 나뉜 몸통에서 멀어지면서 갈라진 팔다리가 붙었지만, 어쨌든 나약하다. 갑옷을 입은 기사가 원격 조정하는 커다란 팔과 둔한 양다리는 가벼운 충격에도 넘어질 듯 뒤뚱대고 무기력하며, 산만하다는 서글픈 인상을 준다."

우리가 작은 짐승만 못한 점이 있다는 말이다. 그러니 흉악한 무기를 개발하면서 안심할 수 있는 자위책을 찾는 일에 그토록 뛰어나게 되었을까? 그런 무기들이 잔인한 공격심과 막연한 적개심에서 나오지 않았다면 불행 중 다행이겠지만.

영화는 침묵을 견디지 못한다

지하층으로 내려가는데, 어느새, 발걸음은 갑옷 입은 창기병처럼 어기적댄다. 지하는 자전거 컬렉션이다. 프랑스 자전거는 1886년 생테티엔에서 처음 개발하고 생산했다. 그렇다고 이웃 나라 사람들보다 자전거를 많이 타지는 않는다. 산악 자전거와 장거리 경주에서 영웅을 배출하고 신화를 쏟아내기는 했다. 영원한 2인자였던 '푸페' 라는 애칭의 풀리도르는 은퇴 후에 그의 이름을 자전거 상표로 남겼고.

해묵은 돌로 얹힌 궁륭, 술창고로 사용하거나 정원과 위층의 연회장에서 잔치가 무르익을 때, 밀애를 위해 숨바꼭질하던 그 지하실에서, 자전거 바퀴들이 살을 펴고 있었다. 할로겐 조명을 받으니 '은륜

예술과 산업 박물관

銀輪'이라는 이름이 더욱 빛을 발했다. 그러나 이곳에서 동영상, LCD 화면으로 보는 기록영화는 흥미 만점이다. 바퀴를 굴리려고 발로 썰매를 지치듯 땅을 지치며 안장을 오르락내리락하며 연미복 자락을 너풀대며 달려가는 신사! 거대한 기구처럼 부푼 드레스 자락을 아랑곳하지 않으며 두건을 쓴 채 페달을 밟는 처녀! 초창기 자전거의 낭만파적 정경이다. 굴러가고 달려가는 자전거 사이로 뿌연 시골 전원 풍경도 초를 친다. 게다가 이 모든 것이 초창기 영화의 기묘한 시차로 덜컹대며 굴러간다.

영화에서는 움직이는 것이 늘 정지된 것보다 선호된다. 찰떡궁합이다. 다른 소재에 비해 거장의 전기물이라 하더라도 미술 영화가 종종 흥행에 실패하곤 하는 이유도 이해할 수 있다. 아무리 뛰어난 기법과 연기로도 영화에서 화가의 일대기가 성공한 경우는 드물다. 화가의 본령과 상관없는 사생활이나 기벽 등 멜로로 채우지 않는 한 그렇다. 움직이지 않는 그림을 움직이는 동영상으로 옮겨 표현하기가 어려워서다. 반대로 분주하게 움직이는 활극에 걸맞은 액션물이나 스포츠, 또 음악의 선율이 따분함을 상쇄하니까 음악가나 연주가를 소재로 잡은 영화는 실패 확률이 적다.

텔레비전 연속극은 끊임없이 움직이고, 상소리를 해대고, 격정적인 연기와 장면으로 극적 긴장을 끌어가려 한다. 그래서 영화나 비디오 영상에서 그 움직임은 잠시도 가만히 있을 줄 모르는 안절부절못하는 미학을 추구한다. 영화는 환상적인 수법으로 관객을 끌고가지만, 생리적인 측면에서나 그렇다. 내면과 영혼, 정신적인 것, 독서처

예술과 산업 박물관

럼 복잡한 감정과 사고가 뒤얽힌 심오한 활동을 표현하기에 그다지 빼어난 매체는 못 된다.

정지 상태는 영화의 무덤이다. 움직이는 영상은 부동자세와 침묵을 못견뎌 한다. 그래서 영화는 비극까지도 가볍게 지나간다. 모든 것이 지나간다. 세상이 지나가는 것일 뿐이듯이. 우리의 삶이 그저 시간의 한 선분 위에서 흘러가듯이.

미묘한 변화를 준 거장의 손길

이 박물관은 최근에 건축가 장 미셸 빌모트가 내부를 수리했다. 인천공항의 실내건축을 맡아 우리에게도 낯설지 않은 인물이다. 그는 루브르, 리스본, 북경 등의 박물관 실내를 꾸몄다. 코냑 박물관처럼 관광객이 몰리는 곳이나 프랑수아 미테랑 등 전직 대통령의 사저와 기념관 일도 맡아 했다. 재료, 설비, 채광 등의 절충을 합리적으로 극대화하는 장기가 뛰어나다. 또 도시 내 건축의 역할을 중시하면서, 몇몇 도시에서 전철을 참신하게 바꾸는 데에도 이바지했다. 그가 손을 댄 덕인지, 박물관은 이전보다 깔끔하고 친근감을 준다. 현관의 육중하고 권위적 분위기도 없어졌다. 전시실도 기존의 돌기둥과 나무창틀에 금속과 플라스틱을 적절히 가미해 고전과 현대를 잘 버무린 공간을 연출했다. 그래도 약간 미국식 감각으로 기울었다.

원칙적으로, 경제성을 바탕으로 쓸모에 맞춰야 하는 건축가들이 방대하고 기념비적인 외관 건물의 혁신적인 면모를 추구하지 않는 한, 크게 중뿔난 작품을 내놓거나 개성을 발휘하기는 쉽지 않다. 전기, 수도, 채광, 동선 등에서 기존설비와 환경의 제약을 받으면서 효과를 극대화하자면 '무난한' 결과를 겨냥할 수밖에 없다. 그래서 건물의 전체 덩어리 시공이 아니라 실내건축에서, 이런 '욕이나 먹지 않으면 다행'인 무난함에 추가되는 것이 유명세다. 어차피 거기서 거기의 결과를 내놓더라도 그 작가의 이름에 따라 달라 보이는 마술이다. 똑같은 물건도 어디에 놓여 있느냐에 따라 달라보이듯, 누가 놓았는지에 따라 다르게 보이는 모양이다.

새로 꾸민 실내는 보기 좋고 친근감도 준다. 그렇다고 관객이 꼭 편한 것만은 아니다. 다리가 아프고 쉬 지치기 마련인 관객에게 어느 정도 편안하게 구경할 수 있게 배려한 박물관 설계는 흔하지 않다. 그런 점에서 벨기에 박물관 몇 군데는 모범적이다. 또 그렇다고 해도 너무너무 안락한 의자는 곤란하지 않을까! 걸작 앞에서 코를 골고 골아떨어지는 사람들의 야릇한 음향을 어떻게 피하라고!

아무튼 칙칙한 이 산업도시의 중심부나 외곽에 버려지는 시설과 공간이 수두룩하다. 그래서 건축가들이 입맛을 다시는 기회의 땅이다. 훌륭한 고전 건물이나 옛 유적과 시가지가 버티고 있는 곳에서 새로운 건축을 시도하기는 불가능하다. 그래서 박물관 주변에 르 코르뷔지에를 비롯해서 여러 건축가가 실험을 하고, 성공도 하고 실패도 한 사례들을 남겼다. 우리나라처럼 싹 쓸어내고 신도시를 뚝딱 지을 여건이 안 되는 가운데, 일부 구역에서나마 이상적 미래 도시를 꿈꾸는 건축가들에게 최적의 장소였다. 그런데 주민들에게도 그만큼 이상적일지는 의문이다.

르 코르뷔지에의 실패

거대한 아파트, 끝없는 벽과 벌집처럼 다닥다닥 거대한 격자창으로 이어지는 이주 노동자 아파트를 이곳 사람들은 '만리장성'이라고 부른다. 또 건물 한 동에서 모든 것을 해결할 수 있는 축소판 도시, 압축 도시를 꿈꾸던 거장, 르 코르뷔지에의 참담한 실패작도 근교에 있다. 상자형 건물 속에 도시의 모든 기능과 공간을 압축하려 했었다. 주거, 가게, 학교, 운동장, 극장, 정원…. 바깥에 나갈 필요가 없이 해결되는 완벽한 축소판 도시를. 그렇지만 그는 사람은 쥐가 아니라는 점을 지나치게 간과했다. 그는 '시타델', 중세적 요새 도시의 전통을 연상했을지 모른다. 그 안에서 적의 공격을 몇 달, 몇 년씩 버티던 이런 임시적인 소도시는 유럽 도처에 산재한다. 한곳에서 모든 것을 해결하는 이런 것이 이상 도시, 꿈의 도시가 될 수 있을까? 고립과 단절은 항상 침략과 외부의 충격 없이도, 그 자체로 안에서 썩고 무너진다. 이런 시타델의 전통은 되풀이되지 않아야 좋을 전통이다. 가상의 적을 미리 산정하고 어떻게 행복한 미래 도시를 구상한다는 말일까? '유사시에'라는 위기의식이 여전히 우리의 마음속이든 현실에서든 적개심을 부추긴다.

리빙스턴이 아프리카 밀림에서 처음 원주민을 마주쳤을 때, 무시무시한 원주민들은 그 백인의 등 뒤에 가족이 따라와 있는 모습을 보고 안심하고 무기를 놓았다고 했다. 서로 사랑하는 사람들이 어울려 다니고 어울려 살 때, 적개심을 품을 틈이 어디 있을까. 적개심이야말로 사람사는 세상에서 가장 반사회적인 불륜인데.

퐁텐블로 성

다시 발굴을 기다리며

여행이 끝나갈 무렵마다 시작할 때처럼 풍경은 새삼 두드러져 보인다. 어긋남이 없지 않아, 밀려들 차례를 기다리던 아쉬움이 들이닥친다. 녹음과 황금빛 들판 사이를 달리는 동안 부패혐의로 몰락한 태양왕의 재상 푸코가 살던 성과, 관광객을 못마땅해 하는 여행자들이 대표적으로 들먹이는 바르비종 마을의 골목길을 빠져나왔다. 마을이 뚜렷하게 왜곡된 것은 말할 필요 없다. 화가들은 관광객을 위해 그림을 그린다. 알쏭달쏭한 그림이다. 이곳에서 시멘트 독에 죽어가는 문명을 비판하고, 풀과 나무, 짐승과 농부를 그리면서 자연의 소중함을 이야기하던 화가 테오도르 루소와 그 친구들을 기억하는 사람은 거의 없다.

이제는 바르비종 마을 이름만 기억할 뿐, 그 자연주의 화가들과 수법도 사상도 무관한 화가들이 관광객을 맞이한다. 쓸쓸한 심정으로 마을을 떠나 퐁텐블로 성에 들러, 생 루이 크리스털이 실제 걸린 방과 그 첼리니의 조각이 놓인 정원을 산책하며 오후를 보냈다.

아름다운 친구의 집

저녁에 주이 앙 조자스 근처의 마을 친구 집을 찾았다. 여정의 마지막 밤을 호텔에서 보낼 수는 없는 일이라며 자기 집에 초대한 브뤼노와 요한나가 교외선 역 앞에서 기다리고 있었다.

둘이 살고 있는 집은 르네상스식 채광창을 지붕에 이고 있는 아담한 단독주택이다. 작은 별장채라는 뜻으로 '파비용(우리나라에서는 파빌리온이라고 하는)'이다. 문을 열자 닭들이 후다닥 내뺀다. 털북숭이 강아지도 달려든다. 뒤뜰은 아무렇게나 키웠지만 영국식 정원보다 풍성한 남쪽 정원 같다. 거실과 부엌과 층계참의 책들과 침실과 다락방 서재까지 모든 것이 진귀해 보였다. 하를렘에 있는 네덜란드에서 가장 역사가 깊은 박물관이 된 테일러스의 고택 같았다. 박물관이라는 이름이 등장하기 이전에 '진귀한 물건의 방(골동품을 모아둔 방)'이라고 부르던.

거실의 유화 한 점이 마음을 사로잡았다. 그 양쪽에서 아프리카 가면들이 따뜻한 온기로 지켜주는 그림이다. 하를렘 부근의 둑에서 그 흔한 튤립 한 송이도, 물풀 한 잎도 보이지 않는다. 바람은 쌀쌀한데 판자로 지은 건물 벽에 기댄 청년들이 해바라기를 하고 있다. 한창

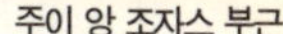

주이 앙 조자스 부근

쾌활하게 쏘다닐 나이에 일자리가 없으니, 놀 자리도 마땅치 않은 청년 군상이다.

한구석에 아버지의 유물로, 델프트에서 보았던 모서리 선반이 붙어 있었다. 선반 칸칸이 그림 속에서 네덜란드 풍차 사이로 비바람이 몰아치는 둔덕과 소떼 앞에서 앙상한 나뭇가지가 흔들린다. 요한나 아버지께서 남긴 유물이다. 지금은 작고했지만 네덜란드 하를렘의 프란스 할스 미술관장을 지낸 분이다.

우리는 장을 보고, 나는 저녁을 준비했다. 부친의 유물인 그 벽장에서 나온 접시에 음식을 담기로 했다. 접시는 청나라 것으로 연대는 오래지 않은 편이지만, 그래도 200년은 된다. 그 특유의 분홍빛 접시들인데. 박쥐를 투조세공한 희귀한 것이었다. "장작더미 뒤에 숨겨둔(이런 불어 표현은 꼬불쳐놓은 술을 정다운 친구가 왔을 때 내놓는다는 뜻이다)" 포도주 마개를 따고, 나는 나폴리식 송아지 스테이크를 굽고 정원에서 따온 로마랭 잎으로 살짝 뿌려 내놓았다. 밤이 깊어갈수록 수다도 불어났다.

설렁탕에 도전 아픈 기억

포도주에 긴장도 풀어지자 요한나는 점점 더 흥분했다. 결국 이런저런 이야기 끝에 우리나라에 왔을 때의 참담한 경험을 털어놓았다.

몇 해 전에 그녀는 우리나라 한 지방에서 조직한 국제연극제에 코트디부아르 친구들과 함께 초대받아 공연을 하러 왔다. 그런데 날이 갈수록 대접이 이상해지더니, 그녀의 설명에 따르면—설렁탕이었을 것이다—나중에는 국물에 밥만 말은 것을 먹으며, 그것도 빗방울조차 피할 수 없는 한데에서 배를 곯았고, 또 인근 대도시 할인매장의 가설무대에서 억지 공연까지 했다는 것이다. 그녀는 쇼핑하러 온 사람들의 의아해하던 모양을 흉내면서 비극배우 같은 몸짓으로 울먹였다. 분을 못 참고.

나는 꺼칠하고 서먹하고, 당황한 나머지 혀까지 잘못 깨물었다. 포도주는 피와 입속에서 뒤범벅이 되었다. 그녀는 그 공연 기획자의 모습이 인쇄된 도록을 가져와 보여주면서 치를 떨었다.

요한나는 이런 사실을 처음 털어놓았다. 그렇게 흥분할 만했다. 그녀가 '물려받은 상처'가 도졌기 때문이다. 어린 시절부터 그녀가 한국 남자에 극히 엽기적인 이미지를 간직하고 있었다는 것은 나도 잘 알고 있었다. 그러나 그녀 자신까지 그런 몹쓸 경험을 했던 줄은 몰랐다.

요한나의 어머니는 어린 시절을 가족과 함께 인도네시아에서 살았다. 그러던 중에 2차 대전이 터지고 일본군 강제수용소에 억류되었다. 그때 요한나의 어머니는 요한나의 외할머니와 함께 한국인 간수의 잔혹 행위에 시달렸다. 이런 시련은 평생 악몽이 되어, 그녀의 어머니는 귀국하고 반세기도 더 지나 만년을 보내는 지금까지도 털어내지 못하고 있다. 물론 간수의 그런 만행은 일본인의 강요에

의해 어쩔 수 없었다고 이해하고 있었다. 어쨌든 그 끔찍한 추억을 시시때때로 들으며 살아온 요한나가 품고 있던 한국 남자의 이미지는 아무리 새 친구를 사귄다 하더라도 쉽게 떨쳐내기 어려웠을 것이다.

그렇게 머나먼 지구 반대편 나라의 한 소녀도 우리와 함께, 같은 역사가 후려친 도리깨질을 피하지 못했다. 그 고통을 같이 겪었다. 우리도 잊지 못해 안달인데, 그녀처럼 잊지 못하고 있는 사람들은 여전하다. 우리 역사는 네덜란드와 인도네시아와 일본 열도와 한반도를 넘고 넘어 이곳 프랑스 작은 마을까지 내 여로의 뒤를 밟고 쫓아와 돌연히 최후의 만찬장을 덮쳤다. 무서운 추적이다. 역사는 미로처럼, 빠져나갈 구멍이 없다. 또 "역사는 이상한 것들로 가득하다." 정말, 이렇게 이런 우울한 과거사에 발목을 잡힌 채 여정을 마무리할 수밖에 없을까.

사실적 문양의 직물들 곁에서

힘이 솟지는 않았지만 길을 나섰다. 주이 앙 조자스는 친구 집에서 멀지 않다. 주말, 사람들이 축제를 준비하고 있었다. 카페 골목에서는 소시지를 굽고, 운동장에 커다란 캠핑카들과 의자들을 늘어놓고 무대를 설치하는 중이었다. 한쪽에서 거대한 무쇠그릇에서 노란 카레 소스의 '파에야'가 부글부글 끓고 있었다. 풍선을 매단 작은 소꿰

직물 박물관 정원

직물 박물관

도 열차는 무료로 마을을 한 바퀴씩 돌아다닌다. 모처럼 사람들이 한데 모인 곳에 발을 들여놓으니 어젯밤에 무겁게 짓눌렸던 가슴도 조금 펴지는 듯했다.

직물 박물관은 마을 뒤쪽 언덕으로 넘어가는 길목의 동산 기슭에 자리 잡았다. 그 앞으로 흐르는 개울과 맞은편 기슭의 집들이 아담하게 오후의 깊은 정적에 싸여 있었다. 박물관은 예전에 '찔레' 성城이었다. 내가 제일 좋아하는 꽃나무다. 봄이 되면 강원도 비포장도로 저기, 둔내, 평창 맞은편 골짜기로 달려가 산허리마다 늘어진 그 흰 덤불을 보아야 한 해가 편안해지곤 하니까.

건물 밖 화단은 구멍이 숭숭 난 벽돌로 울을 삼고, 난쟁이 풀꽃들을 심었다. 그 칸칸이 펜지, 베고니아, 페추니아가 무리지어 화려하게 수를 놓았다. 송이송이 몇 다발씩 뭉쳐진 꽃들은 짧게 줄여 부르는 '주이 면綿'의 상징이다. 이렇게 그 옥양목에 인쇄하던 고운 무늬의 모티프를 실제 꽃밭으로 가꾸었다.

깔끔한 알루미늄 소재로 난간과 구조를 받친 통로는 현대적인 맛이 적당했다. 2미터가 넘는 구리 인쇄원판의 다양한 음각 이미지는 굉장하다. 그것으로 새긴 옥양목이나 비단에 인쇄하는 과정을 보여주는 그림들은 천 속에서 양탄자와 다르게 경쾌하고 사실적이다. 목동의 이야기, 언제나 우리가 그리워하는 우물가와 숲속 느릅나무 그늘 아래 연인의 모습과, 비행선이 떠 있는 명랑한 세상과, 아름다운 처녀를 훔쳐보는 영원한 청년 목동의 이미지. 첫사랑에 눈을 뜨는 시절의 이미지였다!

직물 박물관

개울가에서 천을 도리깨질하는 광경은 우리네 다듬이질보다 거칠고 투박해 보인다. 여럿이 달려들어 손잡이를 돌리고 힘을 쓰며 인쇄판을 누르고, 매염재를 삶아 제거하고, 꼭두서니 탕에서 색을 물들이고, 들판에 천을 널어 말리고, 끝으로 밀랍을 입혀 방수처리하는 과정을 바로 같은 기법의 선묘로 보는 재미가 쏠쏠하다.

팥죽색의 친근감을 주는 무늬는 추상적인 것이 아니다. 사실적으로 방석과 이불과 커튼, 모든 소재에서 살아 있던 풍속이 정답게 다가온다. 그런 그림을 떠받치는 품질 좋은 면제품 견본도 부럽다.

광목이든 옥양목이든 면제품에서는 속옷이 중요하다. 여린 속살과 피부를 보호해줄 만한 품질에서 그 국산품의 수준은 요원하다. 그나마 괜찮던 것은 고급 외제에 밀려 대중은 더욱 신통치 않는 제품에 만족해야 한다. 예민한 부위의 피부병이나 말썽에 시달릴 확률도 커졌다. 스위스는 면화 하나 없는 나라인데도 최상급 면제품을 개발해서 전 세계 여성들의 선망을 사고 있다. 그런데 속옷 이야기라면 금사로 수놓은 초고가 제품이 단 몇 시간 만에 동이 났다는 '가십' 소식이나 들린다. 위생적일까? 속옷은 빨리 갈아치우고 수명이 짧을수록 더 위생적일 텐데. 설마 불결한 분비물에 찌들 것을 수십 년 아껴 입겠다고 금사로 수놓은 것에 열광하는 것은 아니겠지? 우리 면직물은 고급도 저질도 아니고 어중간해서, 좋지도 나쁘지도 않지만 특별히 뛰어나지 않아, 색동저고리 같은 전설을 만들어내지 못하고 있다.

직물 박물관은 이 고장 직물산업을 일으켰던 오베르캉을 기념한다. 독일 사람으로 물이 좋은 이곳에 면직공장을 차리고 대궐에 납품하면서 유럽에서 '주이' 면(棉)을 으뜸가는 제품으로 끌어올린 사람이다. 박물관에 그의 거실을 재현해놓았다.

마을 안쪽에 있는 그의 공장이자 왕국이던 성이 남아 있는 묘를 찾아갔다. 한때 조각공원으로도 활용했었지만 지금은 방치되었다. 그의 묘는 작은 못가의 다 썩어 허물어질까봐 살살 건너가야 하는 나무다리 건너 수초 사이에 잡초들로 덮였다.

이 공원은 1980년대 현 사르코지 대통령이 이 지역구에서 활동할 당시, 그와 친분이 두터운 유력 인사가 그 별장을 문화활동을 빌미로 유리한 조건에 구매했다. 표면상의 이유는 지역문화 활성화였고 진짜 이유는 누구나 알 만한 빤한 것일 테고.

어느 나라든 정치인과 사업가는 미술품을 무지무지 좋아한다. 미적 안목도 높겠지만, 격무에 시달리면서도 더 나은 세상을 위해 일하는 이 분들이 주고받을 선물마저 없다면 무슨 낙으로 살라고! 미술품은 값을 따지기 어렵고, 법의 잣대로도 심판하기 어려운 절대적으로 아름다운 물건인데. 이런 훌륭한 선물을 주고받으며 궁색한 예술가도 격려하고, 친분도 쌓는 미풍양속을 고발하는 "그런 법이 어디 있냐!"고 항상 분통을 터트리는 사람들이다.

소유권을 넘겨받은 새 임자는 건설업자였다. 그가 재료를 대는 후

직물 박물관

원자 역을 맡고, 작가들이 이곳에서 예술을 실험하도록 한다는 취지였다. 그래서 우리나라에도 야외에 세워두는 '공공조각'을 판매한 아르망이 폐차들을 콘크리트로 쌓아올린 그럴싸한 '모뉘망'을 남겼다. 다른 조각들도 녹이 늘고 흉측한 모습으로 숲 여기저기에 서 있는데, 잠실의 올림픽 공원에서 보는 작가들의 작품들도 눈에 띄었다.

이런 사연이 복잡하게 얽힌 공원에 뛰어든 전위예술가가 있다. 다니엘 스포에리라고. 이 사람은 무용수 출신으로 전방위 행위예술가. 팔십 줄에 접어든 거장이다. 그는 일용품, 쓰다 버린 물건 같은 것으로 작품을 만드는 오브제를 즐겨 했다. 그는 그저 호텔 방에 버려진 물건들을 주워다가 ─ 수집가처럼 ─ 풀로 붙여놓기만 하는 작업을 즐겼다. 물건을 찾아내는 것이 아니라 자신의 덫으로 붙잡아 건진다고 생각한다. 벼룩시장 진열대를 갖다놓거나, 자질구레한 서랍 속에 주머니 속에 있던 것을 꺼내 털어 내놓는다.

그는 예술가를 먹을거리 사냥감을 기다리는 원시인처럼 생각했다. 덫으로 잡아 사냥하듯이 자기 수중에 들어온 물건을 들여다보며 희희덕대고 또 옆 사람에게 보여주며 쑥덕대는 원시인이 되고 싶어 했다. 그러면서 껌뻑 놀라기도 하고.

인간이든 사물이든 누군가는 죽어 깨끗이 사라지고 어떤 것은 보존되어 박물관에 살아남는다. 이런 작업은 어렸을 때 자신의 아버지가 나치에 붙잡혀 처형된 고통스런 기억과 무관하지 않다. 덧없는 죽음과 유기된 시신을 보존하려는 본능이고 집착이다.

오베르캄 공원, 주이 앙 조자스

이렇게 이 거장은 우리가 실제로 살면서 쓰고 정들었지만, 쉬이 내다버리고 잊어버리는 덧없는 물건을 다시 주목한다. 그는 이런 물건 작품으로 모든 종교적 예배와 숭배, 믿음과 기존의 고상하고 고루한 예술적 가치가 무엇인지 되묻는다.

그가 이곳에 왔었다. 1983년 이 젓나무 밑으로 왔다. 그는 친구들과 긴 탁자에 늘어 앉아 점심을 먹으면서 싱그럽던 숲이 어떻게 조각품으로 쑥밭이 되었는지, 예술이 뭐하자는 것인지 논했다. 그렇게 식사 후에 식탁과 식기와 잔반 등 모든 것을 고스란히, 포크레인을 불러 그 자리를 몽땅 그 땅 밑에 파묻었다. 스스로 판 함정 속에 빠진 오찬이다.

그는 별것 아닌 창의성과 개성을 내세우며 오만해진 엘리트적 예술관을 비웃는다. "해 아래 새로운 것이 뭐 얼마나 된다고!" 그래서 물건을 조립하면서 함께 작업한 어린이들과 작품의 저작권도 공평하게 나눈다. 그리고 이런 입장은 소유권을 둘러싼 소송까지 일으켜 법정에도 나갔다. 그는 정의의 심판관 앞에서 사유재산을 둘러싼 우리의 비루한 욕심을 조롱했다. 참으로 완강하다 못해 미련해진 제도에 문제를 제기하는 공정하기 그지없는 '페어 플레이' 정신이다.

다니엘 스포에리는 퐁피두센터를 비롯해 전 세계 주요 미술관에서 그의 작품을 소장할 정도로 대가 대접을 받는다. 거장은 유식한 척하는 용어와 인문학적 현학취미에 오염된 우리의 순수한 감정을 주제로 스위스에 있는 센티멘털 미술관에서 초대전을 열기도 했다. 그의 예술은 아무튼, '너무 쉬워서, 어리둥절한' 예술이다.

우리는 점심이 묻힌 땅을 카메라에 담았다. 그리고 사방에 표시를 했다. 고고학적 발굴 방식 그대로. 우리는 내년 봄에 노대가를 모시고 이 터를 파낼 것이다. 주이 앙 조자스의 식탁보는 다 삭지 않았을까? 무엇이 남아 있을까? 또 무슨 이야기가 나올까?

with compliments

어디서든 길을 가다 보면 땅을 파헤치고 있다. 굴삭기로 갈아엎는다. 트랙터도 굴러간다. 박물관을 찾아가는 길목과 먼 여로에서도 이런 땅파기와 종종 마주친다. 곡식을 거두고 집을 짓자면 꼭 해야 할 일이다. 물을 대고 건물을 세우자면 그렇게 파헤쳐야 한다. 힘차고 빠르게.

그런데 또다른 곳에서 땅을 천천히 파헤치는 사람들이 있다. 유적을 발굴하는 이들이다. 우리 자신의 과거를 파헤치려는 이들이다. 우리 자신의 정체를 밝히려고 솔질과 붓질로 흙을 긁고 턴다. 그렇게 파낸 물건을 박물관에 보관한다. 그것을 들여다보면서 우리의 잃어버린 기억, 우리 머리와 몸속 깊숙이 머나먼 옛날이나 가까운 옛날부터 전해졌지만 잊혔던 기억을 되살린다. 우리가 땅을 파헤쳐 뼈를 추려내듯 무엇인가 건지려는 욕구는 아이가 장난감을 부수며 재미있어 하는 것처럼이나 본능적이다.

물건이 우리의 일부이기도 하겠지만, 우리 삶과 존재 자체도 우리가 쓰는 물건의 일부다. 그것에 우리의 시간을 떼어주고, 손때를 묻했다. 도시와 건물, 밥상과 책상, 삽과 괭이, 연필과 붓, 신발과 옷은 우리를 자신들의 일부로 여기며 우리와 함께 살아왔다. 우리가 그것들을 버릴망정 그들은 우리를 버리려 하지 않을 것이다. 우리 곁을 떠나서 무슨 의미가 있겠냐며 더는 살고 싶어하지 않을까? 그토록 많은 물건과 애물단지에 둘러싸여 그것들을 끼고 그것에 기대어 사는 우리들인데, 그것들이 없다면 우리의 삶은 어떻게 될까?

징검다리를 겅중겅중 건너뛰듯 빠르게 살아온 현대에서, 그 '건너뛰는' 장점 못지않게 딛지 않은 돌다리는 '나도 여기 있다'고 자주 볼멘소리를 한다. 거의 모든 생활에서 이런 돌다리처럼 건너뛴 웅덩이들이 이제는 곳곳에 매복한 함정이다. 이럴 때 디지털이라는 또다른 웅덩이가 우리 앞을 가로막는다. 디지털 정보는 신속하게 집약되고 소통되는 면이 있지만, 사실 보존은 불완전하고 불안하다. 방대한 규모의 예산과 '백업'이라는 배수진을 겹겹이 치지 않은 한 디지털 정보는 일순간에 날아가버리기 쉽다. 새로운 방식으로 계속 갱신하는 비용과 관리가 뒤따르지 않는다면 장기적 보존은 불가능하다. 잠

재적이다. 어디까지나 보조적 수단이다. 원본이나 실물이 하나도 없이 오직 허상과 이미지로만 저장된 정보는 알맹이 없는 껍질이다. 기록을 보조하는 데 디지털 정보는 유용하고 효과적이다. 하지만 기록물 그 자체를 결코 대신할 수 없다.

원 사료도 수집하지 못한 상황에서 복제의 복제에 근거한 정보를 축적하고 짜깁기하고 몽타주하면서, 복사와 모방과 손쉬운 표절도 판치고 있다. 퍼 담기 문화의 폐해다. 인용의 맥락도 원전과 원 사료의 확인 같은 절차도 거의 무시된다. 실물을 주목해야 하는 이유다.

박물관, 도서관, 자료보관소 등이 디지털 정보화를 토대로 좀더 효율적으로 개편되고 통합되면서 멀티미디어 센터나, 미디어테크, 아카이브 등 다양한 이름으로 변신하고 있다. 그러나 우리처럼 식민지와 2차 세계대전과 6·25전쟁으로 현대가 잿더미에 쌓인 사회에서, 사료와 유물은 다른 사회에 비해 대단히 빈약하다. 이런 불운을 잊고 힘차게 재기하려는 몸부림으로 우리는 어느덧 새로운 것에 열광하면서 우리 자신의 과거를 속속 망각의 강에 떠내려 보냈다. 우선 기억을 되찾는 '망각의 박물관' 부터 지어야 할 판이다. 거기에서부터

차근차근 우리 역사의 증거를 찾아나서야 하지 않을까?

　신축 박물관도 속속 문을 열고 있다. 그러나 획일적인 구조와 운영 방식을 보인다. 옷과 신발을 나누어주고, 거기에 몸을 맞추라는 식의 구태도 여전하다.

　어제는 똑같이 시뻘건 철교들이 푸른 강과 계곡 사이에 얹힌다. 오늘은 허허벌판에 거대한 도시가 들어서고, 일시에 모든 주거와 상가에 사람들이 입주한다. 그렇게 한 도시가 한순간에, 필름이 돌아가듯이 살아 움직이기 시작하는 놀라운 기적이 계속된다. 모든 세간이 완비된 아파트에 몸만 들어가는 신혼집처럼 도시들도 그렇게 깔끔하게 시작된다. 그 다른 한편에서는 산과 들과 마을과 수백 년, 수천 년을 살았을 동네가 하루아침에 융단폭격을 맞은 듯이 싹 사라지기도 한다.

　끊임없이 개발해야 성장하는 산업사회에서 파괴와 건설은 불가피하다. 서유럽 몇몇 나라에서도 정보화 산업에서 활로를 찾고 변화를 꾀한다. 박물관을 비롯한 문화유산 보존을 담당하는 기관에서 디지

털 자료집성 작업도 우리만은 못해도 착실히 진행 중이다. 그렇지만
그와 동시에 과거의 박물관보다 더욱 실물 수집을 바탕으로 아날로
그 유산의 보존에 박차를 가하고 있다. 박물관을 물건의 무덤이거나
기억의 창고만이 아니라 다른 활발한 교육과 문화 공간으로 이용하
는 연구와 실험도 활발하다. 서유럽 몇몇 나라에서 박물관이 너무
많은 것 아니냐는 불평도 들린다. 우리도 너무 없어서 탈이었던 시
대를 이제 막 벗어나려 하고 있다. 가족과 함께 박물관을 찾는 사람
도 늘고 있다. 박물관을 눈여겨보고 함께 생각해보기에 알맞은 시점
이다.

이 책은 애당초 지난해에 국립중앙박물관에서 펴내는 박물관 신문
에 연재했던 박물관 순례기 '유럽의 괴짜 박물관' 이 계기가 되었다.
이미 다녀왔던 곳을 소개하던 것만으로 부족해서 두 차례 더 현장을
다녀왔다. 그런데 얼마 전부터 '괴짜' 라는 이름이 서점가에 등장하
는 바람에 난처했다. 그렇지만 많은 비용을 들이고 수고를 하면서 이
책의 출간을 맡아준 발행인의 의견을 존중하지 않을 수도 없었다. 결

국 제목보다 내용이 중요한 것일 테고, 괴짜라는 용어가 일반명사일
뿐 고유명사는 아니라는 생각으로 위안을 삼고 원래 연재했던 제목
을 고치지 않기로 했다. 물론 본문과 사진은 현장을 오가며 완전히
다시 쓰고 찍은 글과 사진이므로 연재물과 다르다.

그렇게 이 책의 디딤돌을 마련해준 국립중앙박물관의 박현택 박
사, 국립경주박물관 김승희 학예실장께 깊은 감사의 뜻을 전한다.
수차례 여행에서 분주한데도 번거로운 질문에 답해주신 현지 박물
관 관계자들의 후의에 감사드린다. 특히 생 루이 레 비치 박물관의
크리스티앙 세페르 연구실장, 파리 케 브랑리 박물관의 나네트 스누
프 학예관에게 다시 한 번 감사드린다. 여로에서 만나 스스럼없이 속
내를 털어놓은 할머니처럼 그렇게 만났던 분들도 일일이 감사의 뜻
을 전해야 하겠지만 때가 오기를 그려보는 것으로 위안을 삼는다.
이윤정, 김이신 두 분의 응원도 소중한 힘이었다.
때로 먼 길을 따라나서기도 하고, 결정적인 제보와 자료를 챙겨주
고 만남을 주선한 친구들이 없었다면 이 책을 마무리하지 못했을 것

이다. 필립 메스메, 베르나르 뮐러, 다비드 튀르키, 발레리 줄레조,
나탈리 르 에냉에게 고마운 마음을 이 한 줄의 인사로 다할 수는 없
겠지만…. 출간을 맡아주시고 지원해주신 글항아리 여러분께도.

2009년이 다 가고 있을 때,

지은이

유럽의 괴짜박물관
ⓒ 정진국 2009

초판 인쇄 2009년 12월 17일
초판 발행 2009년 12월 24일

지은이 정진국
펴낸이 강성민
기획부장 최연희
편집장 이은혜
마케팅 신정민

펴낸곳 (주)글항아리
출판등록 2009년 1월 19일 제406-2009-000002호

주소 413-756 경기도 파주시 교하읍 문발리 파주출판도시 513-8
전자우편 bookpot@hanmail.net
전화번호 031-955-8891(마케팅) 031-955-8898(편집부)
팩스 031-955-2557

ISBN 978-89-93905-14-4 03810

이 도서의 국립중앙도서관 출판시도서목록(CIP)은 e-CIP홈페이지(http://www.nl.go.kr/ecip)에서 이용하실 수 있습니다.
(CIP제어번호 : CIP2009003896)